官商鬥法
第二輯
之
19
權勢互傾軋
炮
相

目錄
CONTENTS

第一章

陰謀敗露

孫守義忽然意識到他撥過去的話，對方就會知道事跡暴露了。
這要怎麼辦呢？要怎麼樣才能讓對方接電話，還不讓她察覺已經陰謀敗露了呢？
孫守義想了一會兒，把目光放在男子身上，也許可以利用這個傢伙查出對方是誰。

回到自己辦公室，孫守義在拿起杯子喝水的時候，又想起金達對傅華的怨念，心中不禁暗自警惕，他希望自己不要染上金達這種自我膨脹的惡習。

其實，據孫守義觀察，金達這個人的本性並不壞，甚至在很多方面，金達是應該被歸於好人的範疇的。但是金達就是壓抑不住對傅華的怨念。這一方面是金達個性有偏狹的一面，另一方面也與金達的自我膨脹有關。

當一個官員成功成為主政一方的一把手時，相應的，他就擁有了殺伐決斷的絕對權力，榮耀什麼都會圍繞著他，這會很快讓他不知自己幾斤幾兩。再加上周圍一批溜鬚拍馬之輩，把他的所作所為都吹捧的極為英明、正確，很容易就會自我膨脹，感覺自己是完美的，不會做錯任何事情。

而這時候如果有人敢來違逆他，或者指出他有這樣或者那樣的錯誤，他就會覺得自己被極大地冒犯了，就會開始想要整治這個指出他錯誤的人。他不會認為自己是在打擊報復，而是認為自己是在做正確的事。

孫守義認為金達和傅華的關係就是這個樣子。隨著金達地位的上升，他越來越覺得他的權威在海川市不可動搖，也就越來越容不下傅華這種敢冒犯他權威的人存在。

雖然孫守義看不慣傅華的做法，但是他也不覺得金達的做法就是多麼正確，相反，他對金達的這種行為深自引以為戒。他在中央部委工作過，特別是在趙老身邊的經歷，讓孫守義的視野比地方上工作的這些同志開闊很多，有些事情他看的就比金達要長遠。

在部委工作的時候，孫守義就總結出了一條經驗，就是不要隨便的去開罪你的同事或者下屬，特別是在沒有絕對的利益衝突的時候，更不要去開罪他們。

中央部委的人來自五湖四海，裏面藏龍臥虎，你不知道他們都是什麼背景，特別是有些高層的親屬都很低調，不願意公開身分。所以你並不知道會得罪誰。

今天他可能還是你的下屬或者同事，可能出去過渡一下，一轉眼再回來就是你的頂頭上司了，裏面有很大的變數。到那時候，如果你跟人家有矛盾的話，馬上就會陷入一個尷尬的境地。

這就是孫守義覺得金達處理跟傅華關係不夠理智的地方。說到底，傅華的存在並沒有損害到金達什麼實質性的利益，他只是對金達不夠像一般人那麼的尊重他罷了。像這種無害的人，應該容忍他的存在，甚至還要反過來多尊重他一下，以顯示做領導的大度和雅量。

金達卻沒有這麼做，他時不時還想整治一下傅華，以顯示他市委書記的權威，這就很不明智了。你能治得了人家也好，偏偏又沒那個能力，就讓金達的行爲越發顯得可笑。

孫守義已經看出來，傅華這幾年在北京，利用身旁各種可利用的關係，爲自己編織了一張強大的人脈網路，整個網路不僅僅限於海川市，還延伸到東海省，甚至輻射到了北京。

東海省的一二把手都跟傅華有著一定的聯繫，他岳父那些老領導對省委書記呂紀是很大的影響。同時，傅華跟鄧子峰關係也很緊密，加上他跟蘇老的兒子蘇南交往甚密，還有傳說鄧子峰曾邀請傅華入他的幕僚班子，只是傅華拒絕了，由此可見兩人的關係非同一般。

這麼強大的人脈網，別說金達了，就是省裏的一些領導想要動傅華，恐怕也要掂掂自己的分量。金達卻始終想不明白這一點，不知道金達是當局者迷，還是他的心眼偏狹到這種程度。孫守義便再三提醒自己，警惕自己千萬不要犯金達那種低級的錯誤。

想到這裏，孫守義就給傅華撥了個電話，想問一問傅華關於北京的情況。一來是他作爲領導應該掌握駐京辦的情況，另一方面，作爲朋友，他也該關心一下傅華。

傅華接了電話，說：「市長，前幾天我去過您家裏，絲巾我已經拿給沈姐了，她很喜歡。」

孫守義笑笑說：「我知道，沈佳給我打電話說過了，謝謝你了，傅華。」

傅華說：「市長真是太客氣了，這也是駐京辦該做的事情。誒，您打電話來有什麼指示啊？」

孫守義說：「沒什麼指示，就是我看到賈昊被雙規了，提到現場有一位駐京辦主任，我想那是你吧？」

傅華說：「是的，那天我被拉去湊熱鬧，沒想到正好趕上了這件事。」

孫守義正色說：「那我們海川市會不會被牽連進這件事裏啊？」

傅華納悶的說：「市長，海川怎麼會牽連進去呢？海川市跟我師兄也沒什麼業務上的往來。」

孫守義說：「是這樣子的，今天金達書記說起這件事，說之前天和地產上市和海川重機的重組都跟賈昊有關，所以有點擔心會不會有什麼後遺症。」

傅華聽了有點不太高興，這都是很久以前的事了，天和地產上市是丁益父子搞的，與海川市本身就沒太大的關聯；而海川重機重組金達也有參與操作，對其中的關節十分清楚，有沒有什麼問題，金達應該知道啊，何況賈昊只是介紹操作重組的證券公司而已，在其中根本沒起過太大的作用。金達卻在這個時候提出來，讓傅華覺得他是別有用心。

傅華不想在孫守義面前表達對金達的不滿，就淡淡地說：「金書記多慮了，我敢保證這兩件事都沒問題的。」

孫守義打圓場說：「傅華，你別介意，實在是海川市最近接二連三出的事情太多，市裏面有所顧慮也是很正常的。」

傅華說：「我能理解的，市長。」

孫守義便關心地說：「你自己也小心些，這個風口浪尖可能會有一些不必要的麻煩找上你的。」

孫守義這麼說就是一種朋友的關切了，傅華知道雖然他並沒有參與賈昊的違法行為，但是他跟賈昊走得很近，少不了會有相關部門來向他詢問一些事情，對此他早有心理準備了。

傅華就笑笑說：「我知道的，市長，我心中有數。」

孫守義就就結束了跟傅華的通話，忙活起自己的工作來。

晚上下班，孫守義很難得的沒什麼應酬，就打電話給劉麗華，說要去她那裏吃飯。

買了新房之後，孫守義覺得那裏比較隱蔽，整個社區又是封閉式的，不會有人察覺他這個市長跑去那裏私會情人，膽子就大了很多，去那裏的次數也多了起來。

爲了掩飾，孫守義讓司機送他回住處，然後才搭計程車直奔劉麗華的房子而去。

由於房子在臨近郊區的地方，車程有點遠，在路上，司機便跟孫守義攀談起來。

司機看著孫守義，笑笑說：「誒，我怎麼覺得這位先生你很面熟啊？好像在哪裡見過你一樣。」

孫守義有點心虛地說：「你認錯人了吧？」

司機搖搖頭，說：「不是，我好像經常看到你一樣，很熟悉，但就是想不起來。」

孫守義心裏知道自己經常在海川新聞中出現，他在海川市應該是個大熟臉，所以司機說經常看到他也是對的；他有點埋怨自己不該這麼大意，該事先做點僞裝再來就好了。

幸好司機沒有真正認出他就是海川市的市長來，就笑笑說：「你肯定認錯人了，我對你可是一點印象都沒有。」說完，孫守義就轉臉看向車窗外，一副不願意攀談的樣子。

司機看他這樣，就不再講話了，視線看向前方，專心開起車來。

無意中，孫守義的視線往計程車後面掃了一眼，心中忽然感覺什麼地方有點不對勁，一時卻又不知道是哪裡不對勁。

這種感覺讓孫守義很不舒服，眼睛就不時的往回瞄，等他看到身後的那輛轎車時，立時明白不對勁在什麼地方了。

那輛轎車是一輛老舊的桑塔納，車漆已經有些暗淡無光，很不起眼的樣子。但是孫守義可以確定，這輛桑塔納在他從住處出來的時候就看到過，他高度懷疑這輛車是在跟蹤他。

爲了驗證一下自己是不是神經過敏，孫守義就對司機說：「師傅，麻煩你慢點，我不趕時間的。」

司機就把車速慢了下來，孫守義特別留意身後的桑塔納，發現那輛桑塔納的車速也慢了下來，不遠不近的跟著計程車後面走。他基本上可以確定這輛車的確是在跟著他了。

孫守義心中緊張起來，身後有一雙窺探的眼睛，滋味並不好受，尤其是在他心中有鬼的狀態下。

這下該怎麼辦呢？直接去劉麗華那裏顯然不行，那樣就會被發現他跟劉麗華的關係，孫守義可不敢冒這個險。

但這還不是最重要的，最關鍵的是，跟在後面的是什麼人啊？他是爲了什麼目的跟蹤自己呢？幸好他發現了，要不然不知道後果會有多嚴重。

等等，如果這輛車不是第一次跟蹤自己怎麼辦？孫守義的心一下子提到了嗓子眼，最近他跟劉麗華來往頻繁，如果這輛車不是第一次跟蹤他，那情況就很不妙了，跟蹤他的傢伙肯定掌握了他跟劉麗華往來的證據了。

孫守義心中狂罵自己真是被女色迷昏了頭，竟然如此大意，讓對手有機可趁，差一點連死都不知道是怎麼死的。

孫守義想讓司機掉頭回去，不去見劉麗華了。但轉念一想，又覺得不能就這麼回去。就這麼回去，跟蹤的人就會知道被發現了，那樣再派來跟蹤他的人恐怕就會換車換人，他就無法知道是被誰跟蹤的了。

如果找不出是誰在跟蹤他，他就只能活在怕被發現的恐懼中，做什麼事都會很掣肘，孫守義自然不想老被這種恐怖的陰雲籠罩著。他在心中暗自罵了一句娘，心說：「老子就跟你玩這一把，看看你究竟是何方神聖。」

孫守義就對司機說：「誒，師傅，我有點餓了，這附近有酒店嗎？」

孫守義想先找一個落腳點。恰好他來的時候還沒吃飯，找酒店吃飯也是一個很合理的行爲，不會讓身後跟蹤的人察覺到什麼不對勁。

司機想了想說：「這附近有一個金豐大酒店，可以嗎？」

孫守義點點頭說：「行，你送我過去吧。」

司機就把孫守義送到酒店門口，孫守義看了看，這家酒店雖然叫做大酒店，其實很普通。不過，在這個偏僻的地方已經算是不錯了，好在客人還不少，孫守義倒不用擔心安全的問題。

孫守義略微一回頭，注意到那輛桑塔納還跟在身後不遠處，就對司機說：「你等我一下，我先吃個飯。」

司機不放心，讓孫守義先結了前面的車費，這才讓孫守義下了車。

孫守義進了酒店，讓老闆給他一個雅間，然後點了幾道菜，讓老闆給他快點做。

進飯店前，孫守義特別注意到那輛桑塔納並沒有離開，而是在飯店不遠處的陰影裏停了下來，顯然這傢伙還以爲他沒被發現，想等孫守義吃完飯繼續跟蹤呢。

老闆去廚房下單去了，孫守義拿出手機，撥給束濤。

束濤接通電話，打趣說：「市長，這個時間打電話給我，是想約我吃飯吧？」

孫守義笑笑說：「是的，束董，我想請你吃飯啊，我現在在金豐大酒店，你趕緊過來吧。」

束濤愣了一下，說：「市長，我沒聽錯吧？你真的要請我吃飯？」

前幾天束濤才約孫守義吃飯小聚一下，被孫守義嚴詞拒絕；現在孫守義卻轉過頭來盛情相邀，讓束濤有些錯愕。

孫守義笑說：「我騙你幹嘛？趕緊來吧。不過，不要開你自己的車來，你的車太招搖了，還有，帶幾個你的手下來。」

孫守義這麼說，束濤就知道他不是真的要請他吃飯了，便問道：「市長，您是不是遇到麻煩了？」

孫守義說：「是的，我好像被人跟蹤了，你帶幾個人過來幫我看一下對方究竟是誰。」

束濤立即問：「對方有多少人啊？」

孫守義說：「我沒看清楚有多少人，就是一輛老式的桑塔納，我猜頂多有兩個人。」

束濤說：「知道車號嗎？」

孫守義說：「我沒看清楚，不過這車很好認，老藍色的那種，老款的桑塔納現在不多見，你過來一眼就會認出來的。」

束濤聽了說：「那行，我馬上就過去，先把這輛車給摁住再說，我倒要看看是誰吃了熊心豹子膽，敢跟蹤市長您。」

「謝謝了束董，你帶的人一定要可靠，不要事沒辦成，卻給我傳播的四處都是。」孫守義不忘交代說。

束濤說：「您放心，我會辦得妥妥貼貼的。」

孫守義又說：「如果你捂住了人，也不要進飯店來見我，直接先把人帶回去，然後給我個電話，我想找個安全的地方問問究竟是怎麼一回事，明白嗎，束董？」

束濤說：「我明白了。」

孫守義說：「那你就抓緊時間辦吧，別讓對方溜了。」

孫守義就掛了電話，然後把電話撥給劉麗華。

劉麗華接了電話，很不高興的說：「守義，你怎麼回事啊，怎麼還沒到啊，我做的菜都涼了。」

孫守義不想告訴劉麗華他被人跟蹤的事，擔心嚇到劉麗華，就陪笑著說：「小劉，真是不好意思，我剛接到一個緊急電話，市裏面臨時要開會，我就不過去了，你自己吃吧。」

劉麗華不滿地說：「你怎麼可以這樣啊?人家費了好大勁做了一桌子菜呢。」

孫守義抱歉地說：「我也是心不由己啊，好了，改天我會補償你的。」

劉麗華倒也不是不講理，就說：「那好吧，你可要記住，要補償我哦。」

掛了電話，服務員把飯菜送了進來，孫守義事情安排妥當，心情也放鬆下來，還真的有點餓了，心想束濤到這裏還需要時間，就吃了起來。

飯菜倒是口味不錯，孫守義吃得津津有味，感覺比豪華大酒店的飯菜還好吃。

孫守義吃飽了，放下筷子看向窗外，窗外黑漆漆的一片，看不到那輛桑塔納是不是開走了。照孫守義的猜測，桑塔納應該不會離開，因爲桑塔納的目的在他，他沒離開，桑塔納自然不會走的。

也不知道束濤多快時間能趕過來。動用束濤的人馬，這是一步險棋，但是現在孫守義別無選擇。如果動用警方，興師動眾不說，還可能將桑塔納驚走而抓不到人，還不如束濤的人馬效率更高。再是他剛幫了束濤一個大忙，束濤一定會盡力回報他的。

大約過去半個小時左右，孫守義聽到外面一陣喧鬧，接著他的手機就響了。

束濤說：「市長，人控制住了，有兩個。」

孫守義說：「人帶到安全的地方後給我電話，我去跟你會合。」

束濤答應了一聲說：「好，我先走了。」

孫守義出來結了賬，計程車還在，孫守義上車說：「調頭往回走。」

計程車就把孫守義送回原來拉他的地方，待到目的地時，司機指著孫守義說：「我想起你是誰了，你是海川市的孫市長是吧？」

孫守義笑了起來，說：「師傅啊，我說你認錯人了吧？海川市的市長難道沒有專車啊？怎麼會自己花錢搭計程車呢？」

司機撓了撓腦袋，說：「可是我真是覺得你很像他。」

孫守義笑笑說：「像他不一定就是他啊！有人還說我像金城武呢？難道我就是金城武嗎？」

司機笑了起來，說：「那肯定不是。」

計程車開走後，孫守義回到自己的住處，等束濤給他電話。

等待的時間中，孫守義開始猜測究竟是誰在他背後搞鬼，他在心中挨個把他現在在海川市的對手點了一遍。

商界這邊，束濤和孟森都已經跟他和解了，好像沒什麼人會對他採取這麼卑鄙的手法；而政界這邊，曲志霞、于捷最近跟他都很不對盤，也是孫守義心中最懷疑的兩個人。

但是曲志霞應該還沒有幹出找人跟蹤他這種事情來的本事，那剩下的可就只有市委副書記于捷了。于捷因爲在束濤手裏吃了一個悶虧，應該最想報復他才對。孫守義心中基本認定這件事是于捷做的。

就在孫守義思考著要如何處理這件事的時候，束濤的電話來了。

「市長，您現在在什麼地方？」

孫守義說：「我在家裏，你將那兩人帶到安全的地方了嗎？」

束濤說：「帶到了，我一會兒過去接您吧，這個地方不太好找。」

孫守義知道束濤找的這個地方可能很隱蔽，大概是城邑集團處理一些見不得人事情的地方，便說道：「好吧，你過來接我吧。」

十幾分鐘後，束濤的車到了樓下，打電話讓孫守義下去。孫守義上了車，看到束濤自己開車來，對他的謹慎感到很滿意。

束濤開動車子，孫守義問：「從那兩個人身上發現了什麼沒有？」

束濤報告說：「被抓到的兩個人，一個是司機，另一個是負責拍照的，相機中的內容我還沒來得及看，不知道都拍了些什麼。您要看的話，相機在後座上。」

束濤說還沒來得及看內容，自然是讓孫守義放心，不用擔心會從他那裏洩露什麼。這也是束濤很會做事的一面，避免讓兩人之間產生芥蒂。

孫守義也沒說什麼感激的話，這是雙方相互間的信任，已經不需要用語言表達了。他拿起相機，查看裏面的照片。幸好沒發現他與劉麗華相關的照片，讓他鬆了口氣，一直懸在半空的心終於落了下來。

相機裏不止他一個人的照片，還有幾個男女有親密動作的照片。看來拍照的這個傢伙是專門從事跟拍的私家偵探之類的人物。孫守義取出相機的記憶卡，裝進了自己的口袋裏。

束濤看孫守義把相機放回後座，就說：「人我給您帶來了，還沒審問過，等您親自去問吧。」

「行。誒，束董啊，我一直沒問你，你是怎麼給我們的于副書記戴上那副黑框眼鏡的啊？」孫守義好奇地問。

束濤笑了笑說：「其實也沒什麼，我只是請于副書記吃了頓飯，然後席間我問他，是否針對我們城邑集團得標氮肥廠地塊說過什麼話，開始那傢伙還不老實，想不承認，後來看賴不過去，只好承認了想要逼迫金書記撤銷得標的事情。」

孫守義心中猜測于捷也許就是因爲這個，所以才想用跟蹤這種報復手段。便問：「他就這麼老實任由你逼問嗎？」

束濤說：「于副書記怎麼會老實啊。是我把這幾年他從我這裏拿錢的證據給他看，跟他說如果他不說實話，我會把這些證據公開，他才老實招供的。」

難怪于捷被揍了，卻不敢有什麼反抗束濤的行爲，那些證據肯定足夠讓于捷進監獄裏去的。

孫守義有些不滿地說：「束董，你惹出來的事卻讓我承受後果啊。」

束濤看了孫守義一眼，詫異地說：「您是說跟蹤您這件事是于捷搞的鬼？」

孫守義說：「那你說還會有誰會這麼做？曲志霞對海川還沒熟到可以找私家偵探的地步。」

束濤想了想說：「這倒也是。這樣吧，市長，一會兒如果確定就是于副書記在搞鬼的話，我負責幫您教訓他，我敢保證他以後再也不敢這麼做了。至於那些證據，別看我拿來威脅于副書記，其實我並不敢公開，公開的話，對我也是一個很大的麻煩。」

孫守義明白束濤的苦衷，受賄和行賄是一體兩面的東西，束濤如果想指責于捷受賄，他這個行賄者也會跟著遭殃的。

孫守義說：「放心吧束董，我不會讓你爲難的。」

說話間，就到了束濤拘禁那兩個人的地方，從外面看是一個用來放材料的倉庫。進去之後，束濤將他帶到一間小屋外面。小屋有一扇窗戶，束濤就在窗戶前指著對孫守義說：「就是這兩個人。」

孫守義從窗戶往裏看，看到兩個人被捆在椅子上，嘴裏塞著一團破布，周圍五六個大漢在看著他們。

孫守義覺得自己的身分出現在這五六個大漢面前不太好，就對束濤說：「能不能找個房間讓我跟那個拍照的單獨談談。」

東濤能理解孫守義不想讓人知道的心情，就點點頭說：「行啊，你等一下，我來安排。」

孫守義就閃到暗影裏，東濤進去小屋，跟那幾個大漢講了幾句，那幾個大漢就把其中一個二十多歲的年輕男子帶了出來，送到另外一間屋子裏面。

孫守義進了那間屋子，那個年輕男子看到孫守義，臉上一片驚慌的神色，掙扎著想要從椅子上掙脫，但是繩子綁得很結實，掙扎了半天還是沒能掙脫。

孫守義說：「好了，不要再做這些無用功了，你老實一點，我問明白幾件事情就會放了你的。」

年輕男子便不再掙扎，只用驚慌的眼神看著孫守義。

孫守義說：「現在我要把你嘴裏的布拿出來，你也知道你自己的處境，應該明白叫也沒用，所以我希望你不要浪費我的時間，可以嗎？」

年輕男子點點頭，孫守義就把布團拿了出來，年輕男子果然沒有亂叫，孫守義滿意地說：「看來你還算識時務。現在我問你幾個問題，你要老老實實的回答，答得我滿意了，我就放你走，否則你自己知道後果。」

年輕男子點點頭說：「行，你問吧。」

孫守義問：「你是做什麼的？」

年輕男子說：「算是私家偵探吧。這一行並不合法，所以只是私下裏搞搞。」

孫守義又問：「你是什麼時候開始跟蹤我的？」

年輕男子說：「就是今天晚上，前天我們才接下這個活。委託我們的人說，要我們盯著你，特別是你有什麼私下活動的時候，一定要我們把你去做了什麼給拍下來。」

孫守義看了看年輕男子，說：「這麼說，你們知道我是誰了？」

年輕男子說：「委託人有告訴我們，說你是海川市市長孫守義。」

孫守義冷笑一聲，說：「你倒好大的膽子，市長也敢跟蹤。」

年輕男子懊悔地說：「我們本來是不想接這個活兒的。但是那個女人開的價碼很高，我一時貪心，就接了下來。」

「女人？」孫守義愣住了，是女人的話，就不可能是于捷了，難道真會是曲志霞?怎麼可能?!

孫守義盯著男子的眼睛，質問道：「怎麼會是女人，你是不是在騙我？」

男子惶恐的使勁搖搖頭說：「我都被綁成這樣子了，怎麼還敢騙你啊？」

孫守義說：「那你描述一下那個女人長什麼樣子？」

男子爲難地說：「具體什麼樣子我也說不清楚，她跟我見面的時候總是戴著一副大墨鏡。」

孫守義說：「總有個大體印象吧？」

男子說：「那女人從外表上看，穿著很時髦，三十歲左右的樣子，略微有點胖。」

孫守義又是一愣，這個女人是誰啊？曲志霞並不是男子描述的這個樣子，年紀也不相符。然而孫守義的印象中，沒有一個三十歲左右的女子跟他有什麼衝突啊？這讓他越發有點摸不著頭腦了。

孫守義追問：「你知不知道她叫什麼名字？」

男子搖搖頭說：「幹我們這一行的，很少去過問雇主的名字；這是慣例，很多雇主都不願意公開自己的身分，通常都是跟我們交代要做什麼事，雙方談好價碼，一手交錢一手交貨就可以了。」

這個女人既然不願意以真面目示人，當然也不會留下名字；不過這女人再隱蔽，也不會一點線索都不留下的。孫守義問道：「你們總有聯繫方式吧？不然你拍到了她想要的東西，她要怎麼知道啊？」

男子說：「她留了一個手機號碼，讓我拍到東西就打她這支手機。」

孫守義心中一喜，有手機號碼，就可以找到對方了，就讓男子說出手機號碼。

這個號碼，孫守義感覺十分陌生，不知道是誰的。他掏出手機，按下號碼，想要撥過去問問對方是誰。

就要撥出的時候，孫守義忽然意識到這樣做並不好，他撥過去的話，對方就會知道事跡暴露了。這要怎麼辦呢？他要怎麼樣才能讓對方接電話，還不讓她察覺已經陰謀敗露了呢？

孫守義想了一會兒，把目光放在男子身上，也許可以利用這個傢伙查出對方是誰。

孫守義便問：「你的手機呢？」

男子說：「被他們給搜走了。」

孫守義就去向束濤把男子的手機要了過來，然後對男子說：「今晚我能不能放你走，就要看你下面如何配合我了。」

男子為了脫身，趕忙說：「你說，我一定全力配合你。」

孫守義說：「我等下會撥電話給那個女人，我想聽聽她究竟是誰。但是我又不想讓她知道她找你跟蹤我的事情被我發覺了，所以等我聽到了對方的聲音後，我就會把電話給你，讓你跟他講話，可以嗎？」

男子說：「可以，不過，你要我跟她說什麼？」

孫守義說：「你就跟她講今晚跟蹤我的情況，不過不要說你被我抓了，只告訴她看到我離開住處，一路跟蹤之後，發現我是出去吃飯而已，沒什麼異常。你明白嗎？」

男子點點頭說：「我明白該怎麼說了。」

孫守義又警告說：「你可不要想向她示警啊，我可告訴你，這個地方十分隱密，外人是不知道的，你如果敢向她示警，下場一定會很慘。知道嗎？」

男子立刻說：「我知道，我不敢的。」

孫守義就撥通了那女人的電話號碼，嘟嘟幾聲過後，話筒裏傳來一個女人的聲音：「喂，是小丁嗎？你打電話給我幹什麼，是不是拍到什麼了？」

這個聲音孫守義聽了有點耳熟，但是還沒熟悉到馬上就聽出對方是誰的程度，孫守義怕對方發覺有什麼異常，就把手機放到男子耳邊，示意他講話。

男子照孫守義之前的吩咐，說：「大姐，我把今天跟蹤的情況跟你報告一下，你讓我們跟蹤的那個人，晚上果然自己搭計程車出去過。」

「是嗎？」女人驚喜的說道：「我就覺得他一個大男人孤身在海川，肯定不會那麼老實，說吧，你都看到什麼了？」

孫守義聽女人竊喜的說，忍不住心中暗罵，邊努力辨識著聲音的主人是誰。

男子說：「大姐，你也別太急著高興，那個男人只是出去吃飯，沒幹什麼別的就回來了。」

「只是去吃飯？」女人疑惑的說：「吃飯的時候，他沒見什麼人嗎？」

「沒有，」男子說：「就是簡單地吃飯而已，從頭到尾都是一個人。」

「那你給我打什麼電話啊？」女人透出十分失望的語氣。

男子說：「我這是跟您彙報一下我們都做了什麼嘛，好讓您知道錢都花在哪裡了。」

女人很不高興的說：「以後不用這麼囉嗦了，等你確實拍到什麼有價值的東西再給我電話吧。」

女人掛了電話，男子看了看孫守義，央求說：「我都按照你說的辦了，你放我們倆走吧。」

孫守義也不想太為難這兩個傢伙，他不想把事情搞大，這些私家偵探本來就是遊走在法律邊緣的人，萬一惹毛了他們，被他們發現了他的什麼把柄就不好了。

孫守義就對男子說：「你放心，我會放了你的，不過在這之前，有幾句話我要交代你。首先，放了你們可以，但是你們出去後不准報警，更不准對任何人講你們被抓的事，就當今晚什麼事都沒發生過。我想，你也知道抓你們的人的厲害了，一旦被我知道你們在外面胡說八道，這些人對你們絕不會手下留情的。」

男子苦笑了一下，說：「我們本來就不願意跟員警打交道的，再說，你是市長，我如果報警說被你抓了，誰會相信我啊？你放心，我吃這一次苦頭就夠了，絕不敢把今天的事情對外吐露一個字的。」

孫守義說：「我相信你也不敢。第二點，不准你們再來跟蹤我了，如果再被我發現你們跟蹤我，你們就不會像今天這麼容易脫身了。」

男子趕緊告饒說：「我哪還敢啊，明的暗的我都惹不起啊，我如果再跟蹤你，豈不是活膩了？」

孫守義冷笑一聲說：「你明白這一點就好，你的模樣我已經記住了，所以你最好不要再在我面前出現，只要你一出現，我就會懷疑你是在跟蹤我，知道嗎?!」

男子保證說：「一定不敢了。現在可以放我們走了吧？」

孫守義又說：「別急，我還沒說完呢，再有，你怎麼跟那個女人講我不管，反正不准告訴她說被我發現了，明白嗎？」

男子說：「你放心，我一定不會告訴那個女人的，我如果告訴她，豈不是砸了自己的招牌嗎？」

孫守義說：「那你有辦法應付她嗎？」

男子笑說：「她又不能時時跟著我們，我們跟她說什麼就是什麼的。」

孫守義心想，看來這個私家偵探並不是很敬業的那種，大概也用這種手法騙了不少雇主的錢，便說：「你在這等著，我讓他們放了你。」

孫守義就出來跟束濤說：「把這兩人放了吧。」

束濤看了看孫守義，說：「就這麼放了?不用教訓他們一下？」

孫守義忍不住說：「束董，你又要搞黑社會那一套嗎？放了他們吧。」

束濤說：「行，聽您的，把他們放了就是。走，我先送您回去。」

束濤便吩咐手下把那兩個傢伙放了，然後發動車子，送孫守義回去。

第二章

恩將仇報

劉麗華訝異地說：「怎麼可能，你幫了她多少忙啊？她怎麼還會害你呢？」
孫守義搖頭說：「我也覺得不可思議，
要不是你提起他們夫妻倆，我根本就沒往他們身上想過。」
劉麗華不可置信地說：「這兩人不是恩將仇報嗎？」

在車上，孫守義一直沉吟不語，暗自思考著這個穿著很時髦，三十歲左右，微胖，聲音聽起來很熟悉的人究竟是誰。

想了半天，孫守義還是沒有絲毫頭緒，這個女人一定是在某些地方跟他有過交集，聲音才會這麼耳熟；但這種交集不是很頻繁，所以他才想不出她究竟是誰。

束濤看孫守義皺著眉頭，一副沉思的樣子，就探問說：「是不是您還沒想出來究竟是誰啊？」

孫守義搖搖頭說：「那個傢伙說跟他聯繫的是一個三十歲左右的女人，這肯定不是于捷。這個女人的聲音我明明聽了很耳熟，卻偏偏想不起來是誰。」

束濤安慰說：「您也不要著急，事情就是這樣，有時越是想要想起來，就越想不起來；如果暫時放下，說不定哪一瞬間這個人就會自動蹦出來的。」

孫守義權衡再三，覺得目前最好還是按兵不動，讓那個女人覺得他什麼都不知道，以免打草驚蛇。希望自己能夠趕快想起來這個女人究竟是誰。

接下來幾天，雖然孫守義很想去跟劉麗華幽會，但是一想到背後那雙女人窺探的眼睛，就馬上打消了去見劉麗華的念頭。

劉麗華看他接連幾天都不露面，有點耐不住了，就打電話給孫守義，質問他爲什麼不過去。孫守義只好支吾幾句趕緊掛了，搞得劉麗華十分惱火。

這幾天，孫守義不斷在觀察身邊的女人，一一分辨，卻沒有找到一個跟那天晚上通話的女人聲音一致的，顯然那個女人不是市政府的人。

孫守義也仔細觀察了于捷和曲志霞見到他的表情，但從這兩人的臉上除了看出對他的不滿之外，並無絲毫的心虛，看來的確不是這兩人搞出來的。

紀委在這時公佈了對國土局那個副處長受賄一案的查辦情況，其中就涉及到城邑集團在競標氮肥廠地塊中行賄的部分。

曲志霞最終還是沒能按捺住性子，在市政府常務會議上提出了這件事，指出城邑集團是通過行賄才獲得氮肥廠地塊的，建議市政府是不是應該就此撤銷城邑集團的得標資格。

孫守義心中暗自冷笑，心說這個女人在政治上還是欠點火候，明知這件事並不能拿城邑集團怎麼樣，偏偏還想跳出來自找沒趣。

孫守義對此早就有所準備，笑笑說：「曲副市長，我覺得你有點以偏概全了。氮肥廠地塊招標是經過一連串程序才最終確定由城邑集團得標的，不能因爲其中一個環節出了問題，就把所有參與招標同志的工作成績都抹殺了。」

曲志霞不以爲然地說：「孫市長，我覺得您這麼說很不應該，我們對這種行賄受賄的犯罪行爲應該發現一起就查辦一起，絕不能讓那些想通過邪門歪道謀取利益的奸商有機可趁。所以我們必須從重從嚴的來處理這件事，撤銷城邑集團的得標資格。」

孫守義反駁說：「曲副市長，我覺得你有所誤會了，對於行賄受賄這種犯罪行為我們並沒有縱容啊，紀委不是也查辦了相關人員了嗎？你怎麼說沒查辦呢？」

曲志霞說：「市長，我並沒有說相關人員沒有查辦，我說的是城邑集團的得標是建立在行賄受賄這種犯罪基礎上的不當得利，這種行為不受懲處，我們很難向社會大眾交代。」

孫守義沉下了臉，說：「曲副市長，我不想跟你爭執這些，我已經講過了，不能以偏概全。我希望你不要把個人的因素帶到這件事情上來。」

孫守義點出曲志霞對這件事反應這麼大是因為個人的私心，想讓她知趣一點，不要糾纏不休。哪知道曲志霞反而惱羞成怒了，瞪著眼睛看著孫守義說：「市長，您把話說清楚，我有什麼個人因素啊？我是秉公而論，絕沒有個人因素的。」

孫守義冷冷的看了一眼曲志霞，他現在跟金達有了穩固的聯盟關係，無需再忌憚曲志霞，就說道：「曲副市長，你我心中都清楚我說的個人因素是什麼，不要再自找沒趣了。」

曲志霞越發的惱火，衝著孫守義嚷道：「胡說八道，我不知道你在說什麼，你說出來啊，說出來我的個人因素是什麼啊？」

孫守義直視著曲志霞，一字一句的說道：「曲副市長，我希望你注意一下自己的言行。這是市政府的常務會議，不要鬧得像吵架罵街一樣。」

曲志霞這時也冷靜了下來，她畢竟沒有跟孫守義直接叫板的底氣，尤其是孫守義現在跟金達走得很近，如果她跟孫守義和金達鬧翻，加上她新到海川來，什麼基礎都還沒有，今後她將處處受制、寸步難行。

曲志霞不是一個沒有頭腦的女人，知道這時候她應該選擇退卻，反正她的不滿都表達了出來。於是就低下頭，不再衝著孫守義叫嚷什麼了。

孫守義看曲志霞低頭了，也就不再說什麼，見好就收地說：「其他同志還有什麼意見要發表的嗎？沒有的話，這件事情就這樣。」

孫守義對自己控制常務會議的能力還是很有自信的，他相信壓服了曲志霞之後，就不會有其他不同聲音發出來了，果然，其他人並沒有什麼不同的意見，城邑集團這件事就算是畫下了句號。

孫守義掃了一眼面色灰敗的曲志霞，心裏冷笑一聲說：「你想挑戰我的權威，還嫩了點！」

也因爲這件插曲，讓孫守義更感覺曲志霞並不是那個幕後指使者，否則她一定會收斂些，好僞裝自己，不會在這些不可能撼動他權威的地方挑戰他的。

晚上，孫守義在外面應酬完回到住處時，已經十點多了，他十分的困乏，想要洗洗澡就睡覺，這時門口傳來了極為輕微的敲門聲。

孫守義嚇了一跳，這種敲門方式是劉麗華以前來跟他幽會的時候用的，難道是劉麗華來了？

孫守義快步走向門口，從貓眼裏往外看，果然是劉麗華站在外面左顧右盼的，就趕忙開了門，一把將她拉進房間裏來。

「你怎麼跑來了？」

劉麗華眼睛一瞪，抱怨說：「你說我怎麼來了，我想來看看你究竟怎麼回事啊？那天你說要過去吃飯，結果半路上說什麼開會來不了，從那以後我再找你，你都愛理不理的。你告訴我，出什麼事了，是不是我做錯什麼讓你生氣了？一定是我做錯了什麼，因為我查了一下，那天市裏沒開什麼會，你說開會根本就是在騙我的。」

孫守義說：「好了，麗華，你別嚷嚷了行嗎？你確定你來的時候沒被人跟蹤嗎？」

「被人跟蹤？」劉麗華疑惑的說：「沒有啊，我很謹慎的。守義，你好像很緊張啊。」

孫守義嘆了口氣說：「這時候我也不瞞你了，我那天半路撤回來沒去你那兒，不是因為你做錯了什麼，而是我發現有人在背後跟蹤我。」

「什麼，真的有人跟蹤你？」劉麗華驚叫說：「你確定嗎？」

孫守義點點頭，說：「我確定，因爲那兩個跟蹤我的人被我抓住了。」

劉麗華緊張了起來，看著孫守義說：「是誰啊，他們知道我們的關係了嗎？」

孫守義說：「是兩個受人委託的私家偵探，我是在來你那兒的途中發現他們的，所以他們還不知道我和你的關係。」

劉麗華鬆了口氣，拍著胸口說：「那就好，這樣就不會給你造成什麼麻煩了。誒，你既然抓了他們，有沒有問出來是誰委託他們的啊？」

孫守義苦惱地說：「問了，說是個三十多歲的女人，她的聲音我聽起來很熟悉，不過這女人並沒有報出自己的名字，所以我到現在還沒弄清楚這女人究竟是誰。」

「女人？」劉麗華用懷疑的眼神看了看孫守義，說：「你不會背著我，又找了別的情人了吧？」

孫守義苦笑說：「你吃這種乾醋幹什麼啊，你看我像那種人嗎？再說了，如果真是情人的話，怎麼會想這種辦法來對付我啊？」

劉麗華想了想說：「這倒也是，可這女人究竟是什麼人啊？爲什麼要用這麼卑鄙的手段來對付你呢？」

孫守義煩惱地說：「我也不知道啊，我想了好久也沒想出頭緒來。就因爲有這個女人的存在，我也不敢跑你那兒去了。還有啊，這段時間你不要打電話來，我擔心那女人會監聽我的電話，那樣我們講什麼就會讓她偷聽去了。」

劉麗華聽了，立即叫說：「如果這樣的話，那我們豈不是不能來往了？不行，我會受不了的。」

孫守義安撫她說：「好了，麗華，你乖一點好嗎？這只是暫時的，你也不想讓我丟掉市長的位子吧？就暫時忍耐一下吧。」

「可是我會想你的，你這幾天不理我，搞得我做什麼都沒情緒。」劉麗華說著，就撲進了孫守義的懷裏，緊緊地抱住了他。

孫守義也摟緊了劉麗華，說：「我也想你啊，可是目前這個情況我真是不敢……」

劉麗華沒等孫守義把話說完，紅唇就堵上了孫守義的嘴，孫守義本來還有些緊張，想推開劉麗華，但轉念一想，劉麗華都來了，這時候也不能馬上把她趕回去，不如今晚就好好陪陪她算了，日後再小心謹慎就是了，於是更加摟緊了劉麗華，兩人又不免乾柴烈火起來。

劉麗華知道情郎壓力很大，伏在孫守義的胸膛上，溫柔的說：「你也不要太擔心了，那兩個人不是說不敢再跟著你了嗎？」

孫守義嘆了口氣說：「可是這個女人不找出來，我的心始終是懸在半空中。」

劉麗華恨恨地說：「這個臭女人最好不要讓我知道她是誰，讓我知道了，一定好好教訓她一頓。」

孫守義被劉麗華這副咬牙切齒的模樣給逗笑了，說：「好了，你別生氣了，她是衝著我來的，又不是衝著你。」

劉麗華不滿地說：「可是她妨礙了我們相會啊。守義啊，其實有時候我也覺得你是不是太過小心了，又是不敢這樣，又是不敢那樣的，這真的有那麼嚴重嗎？你看人家何副市長倆口子，他們當初不是都鬧到你和金書記面前了，可結果又怎麼樣呢？何副市長還不是官照做？你不知道人家倆口子現在那個日子過得多恩愛啊。這次何副市長去香港，還給他老婆買了個名牌包包，據說要幾萬塊呢。」

孫守義就有些不高興了，說：「麗華，你這麼說是什麼意思啊？我能跟何飛軍比嗎？你要知道這次他鬧出的事情已經在省裏掛了號了，雖然沒免他的職，但是他的前途也就此終結了。還有啊，你是不是想跟顧明麗學，逼著我離婚啊？」

劉麗華知道自己說錯話了，孫守義最不願意的就是離婚，趕忙解釋說：「我可沒有那個意思啊。我只是拿他們打個比方而已。再說，你也知道我的，我可玩不出顧明麗那麼多的花樣來。」

劉麗華提及顧明麗，孫守義腦海裏忽然閃過了顧明麗的形象，三十出頭，穿著打扮時髦，略微豐腴的身材，這個形象跟那個私家偵探描述的簡直一模一樣。最關鍵的，是他想起了顧明麗的聲音，就是那晚電話中的聲音。

難怪聲音那麼耳熟，顧明麗曾經爲了何飛軍兩次找過他，那個嗓門聲調實在是令人印象深刻。想到這裏，孫守義不禁呆住了，他怎麼也想不到背後搞花樣的居然是顧明麗。

劉麗華看到孫守義發著呆，問道：「守義，你想到了什麼啊？」

孫守義說：「你剛才提醒我了，讓我想到了那個找偵探跟蹤我的女人原來是顧明麗。」

劉麗華訝異地說：「怎麼可能，你幫了她們倆口子多少忙啊？她怎麼還會害你呢？」

孫守義搖頭說：「我也覺得不可思議，要不是你提起他們夫妻倆，我根本就沒往他們身上想過。」

劉麗華不可置信地說：「這兩人不是恩將仇報嗎？」

孫守義無奈地說：「現在這個社會，知恩圖報的人少，忘恩負義的人多啊。」

「那也不應該啊，那個何飛軍如果沒有你的支持，在市政府根本就什麼都不是，他們現在來整你，豈不是自毀靠山？」劉麗華想不通地說。

孫守義嘆了口氣，說：「麗華，你不知道，自從何飛軍跟顧明麗鬧了那麼一齣之後，我心裏很不齒這倆口子的爲人，就對何飛軍疏遠了很多；想來這倆口子是因爲這個對我產生了怨恨，所以就想要來對付我。」

劉麗華忿忿不平地說：「這倆口子真不是人。守義，乾脆你想辦法把何飛軍的副市長給撤掉算了。」

孫守義笑說：「你不懂的，他的副市長可不是我想撤就能撤的。副市長是省管幹部，管理權在省委。」

劉麗華氣哼哼地說：「那怎麼辦，難道就這麼放過這倆口子？」

孫守義心說現在我也不知道怎麼辦，他只感到震撼不已，想不到何飛軍和顧明麗會這麼對付他，他必須好好思考一下，才能決定下一步要怎麼辦。

孫守義便說：「好了麗華，這件事你就不要管了，我自有分寸的。」

劉麗華卻心有不甘地說：「可是這對夫妻是在針對你和我啊，這口氣我咽不下去，要不我寫封舉報信，舉報何飛軍貪污受賄，拿錢給顧明麗買名牌包？」

女人的心理就是怪異，這個節骨眼上還在想著那個幾萬塊的名牌包包，孫守義忍不住問說：「你到底是氣他們跟蹤我，還是氣顧明麗有了一個名牌包包啊？」

劉麗華賭氣說：「都氣，你去香港什麼都不敢帶，憑什麼何飛軍就敢買幾萬塊的包啊，他的錢從哪裡來的，還不是受賄得來的？」

孫守義拍了一下劉麗華的翹臀，笑說：「好了，別那麼幼稚了，舉報他們也沒什麼用的，這件事情我自有計較，你就不要攪和進來了；好多事情你不懂的，瞎攪和只會添亂。」

劉麗華見孫守義這麼說，只好說：「好吧，聽你的，暫時放過這對狗男女。」

劉麗華又跟孫守義纏綿了一會兒，就離開了。

劉麗華走後，孫守義也沒有了睡意，開始想如何處理何飛軍的事。

這對他來說是一個很大的難題，是他把何飛軍弄到現在這個位置上的，如果他跟何飛軍衝突起來，不但會讓曲志霞和于捷看笑話，對他自己也很不利。另一方面，何飛軍分管工業，這在海川市政府的工作當中是很重要的一塊，如果何飛軍跟他成爲敵人，一定會在很大程度上影響到他的工作。

此時，孫守義有一種作繭自縛的感覺，後悔沒有早一點認清何飛軍的真面目，從而上了他的惡當。

孫守義心想：明著對付何飛軍既然是不可取的，剩下來的就是暗中對付他了。可是這倆口子都是人精，他稍微對何飛軍有所動作，兩人就會有所反彈，要怎樣才能不著痕跡的削弱何飛軍的權力呢？這可要費一番心思了。

這回孫守義對何飛軍徹底動了真怒，誓言不把何飛軍從分管工業的位置上拿下來，不肯善罷甘休，他也不敢再用這個心懷叵測的傢伙了。

不過，現在並不是適合的時機。海川市的副市長本來就因爲李天良的死而缺員了一個，曲志霞這幾天又要去北京參加在職博士的複試，海川市政府快要沒人可用了，孫守義自然無法在這時對何飛軍怎麼樣。他剛好利用這段時間好好運籌一下，看看要如何對付何飛軍才好。

北京，駐京辦。傅華坐在辦公室裏辦公。

這段時間因爲賈昊的被雙規，他的心情一直很低落。

有關賈昊被雙規的原因有許多版本傳出，有人說賈昊是因爲在證監會安排某公司上市受賄了幾十億，才會被查辦。傅華自然不相信，他傾向於相信張凡教授說的，是因爲聯合銀行內部審計，賈昊才會被查辦。

還有人說他是因爲跟某高層領導爭奪某著名影星，惹得該高層領導震怒，從而下令查辦他的；而這位影星也成了媒體猜謎的焦點。還有媒體專門發表了一篇文章，以abcde爲代號，列出最被懷疑的五名女明星，更一一分析哪個會是賈昊爭風吃醋的對象。

相較於枯燥的事實，老百姓更愛看的就是官員跟女明星的花邊新聞，一時吵得沸沸揚揚，彷彿真是如此似的。

傅華對此有些哭笑不得，他更想知道的是賈昊涉案的程度究竟有多嚴重，賈昊最終會受到什麼樣的懲罰，但是並沒有相關的消息被報導出來，讓傅華很失望。

至於于立，倒是有媒體報導說于立疑似涉及賈昊案，被有關部門限制出境，不過報導語焉不詳，並沒有提及具體的事實。

那天在「主席台」散了之後，傅華也沒跟喬玉甄聯繫過，他估計這次喬玉甄說不定會跟上次文欣家出事一樣，先躲回香港，以躲避可能會被查的危險。

雖然這幾天並沒有相關部門的人員上門來找傅華，詢問關於賈昊的事，但是傅華的心情一直很壓抑，有一種無力感，眼看著賈昊出事，他卻束手無策，不能幫賈昊什麼忙，大感無奈。

這時，傅華的手機響了起來，看看號碼，竟是喬玉甄的電話，不由得一愣，趕忙接通了電話。

「小喬，什麼事啊？」

喬玉甄聲音沙啞的說：「傅華，你在忙什麼？」

喬玉甄的語氣聽起來很傷感的樣子，傅華說：「我在駐京辦呢，你怎麼了？」

喬玉甄語氣低沉地說：「我現在心情很差，你能不能過來陪我聊聊天？就來我家。」

傅華遲疑了一下，自從跟鄭莉和好之後，他跟別的女人來往時，就加了幾分小心，現在喬玉甄邀他去家裏，他深怕在這種情形下，兩人很可能會做出什麼衝動的事情來，便有些不想去，遲疑地說：「這個，小喬……」

「別拒絕我，」喬玉甄央求說：「傅華，我現在就你一個能說說話的朋友了，你要再拒絕我，我真的不知道該怎麼辦了。」

聽起來喬玉甄似乎遭遇到了什麼困難，這是傅華認識她以來，第一次聽她用這種悲傷的語氣說話，就有些心軟，說：「好吧，我一會兒過去。」

喬玉甄說：「那我等你啊。」

掛了電話之後，傅華看看手邊的事情做得差不多了，就收拾了一下，去了喬玉甄在東城區的家。

敲門後，喬玉甄給他開了門。喬玉甄穿著一身睡衣，也沒化妝，一臉憔悴的樣子。看到傅華，她笑了笑說：「進來吧，別嫌我醜啊，我實在打不起精神化妝了。」

女人不化妝，模樣實在是差別很大，所以很多女人不化妝是不願意見人的，喬玉甄居然連妝都不化了，顯然她遇到的問題很嚴重。

傅華不禁關心地說：「究竟是出了什麼事了，很嚴重嗎？」

喬玉甄坐到傅華的旁邊，凝視著傅華說：「你別問我出了什麼事，我現在心裏很害怕，你能把肩膀借我靠一下嗎？」

傅華看了一眼喬玉甄，不化妝的喬玉甄沒有了那種華貴的氣質，更顯得楚楚可憐，讓他心軟的說：「好吧，就讓你靠一下吧。」

喬玉甄將頭靠在傅華的肩膀上，身體依偎著傅華，傅華可以感覺得到喬玉甄的身體在微微的發抖，看來喬玉甄說很害怕並不是假話。只是究竟是什麼事能讓這個一向以女強人面孔示人的女人害怕成這個樣子呢？

照說賈昊的事應該牽涉不到喬玉甄才對，就算牽涉到，喬玉甄也只是利用賈昊在聯合銀行貸款而已，應該也不至於讓喬玉甄害怕成這個樣子啊？

傅華雖然心中十分納悶，卻也不好開口問喬玉甄，她已經明確說了不讓他問的，他只能老老實實的坐在那裏，被喬玉甄靠著肩膀。

這對傅華來說，實在不是一件好受的事，她的睡衣很單薄，豐胸若隱若現，肩膀上又傳過來她溫熱的體溫，對一個生理健康的男人來說，真是一場意志力的考驗。

喬玉甄在傅華的肩膀上靠了一會兒之後，情緒並沒有好轉，相反抖得更厲害了，她轉頭對傅華說：「傅華，你能不能抱抱我，我感覺很冷。」

傅華感覺喬玉甄有些不太正常，就說：「小喬，你身體這麼抖，是不是病了？」

喬玉甄說：「我沒病，我就是害怕的厲害。求求你，抱我一下好嗎？就只有友情的那種擁抱，我不敢祈求更多的。」

喬玉甄說得這麼可憐，男人自然會產生憐香惜玉的情懷，傅華沒說什麼，敞開了懷抱，將喬玉甄擁進懷裏。

男女相擁自然而然就會有一種化學效應，傅華感覺懷裏顫抖著的喬玉甄體溫在急速的上升，喬玉甄的顫抖也讓她身體凸出的部位摩擦著傅華的胸膛，這對傅華不啻於一種煎熬，強自壓抑著生理的正常反應。

過了半個多小時，喬玉甄才慢慢平靜下來，身體不再顫抖了。

傅華試探著說：「可以了吧，小喬？」

喬玉甄舒服地說：「別說話，我想就這樣讓你抱著我。你的胸膛很寬厚，讓我有一種安全感。」

傅華聽喬玉甄語調平穩了下來，知道她情緒好轉了很多，苦笑了一下說：「你踏實了，我可難受了，你穿得這麼少，我的手腳連動都不敢動，實在是快受不了了。」

喬玉甄被逗笑了，說：「你動啊，誰不讓你動了？」

傅華苦著臉說：「好了，小喬，別開玩笑了，你好好坐著，我們聊聊天行嗎？」

喬玉甄執拗地說：「不行，我就想讓你抱著，你不要緊張，想動就動吧，我不會生氣的。」

喬玉甄這話充滿了曖昧意味，似乎傅華對她做什麼都可以的樣子，傅華真是有點受不住了，輕輕的推開了喬玉甄，說：「好了，小喬，下次要我抱也可以，不過要多穿點；你穿這麼少，這不是引人犯罪嗎？」

「去你的，你如果心正的話，又怎麼會在乎我穿的多少呢？」喬玉甄笑說。不過雖然話是這麼說，喬玉甄卻沒有再靠向傅華的懷裏，將身體坐正了。

傅華看了喬玉甄一眼，說：「現在好受點了嗎？」

喬玉甄點點頭說：「好多了。剛才謝謝你了。」

傅華說：「別客氣，你今天是怎麼啦？出什麼事情了嗎？」

喬玉甄表情凝重地說：「傅華，如果我被抓了，你會去監獄看我嗎？」

傅華有點被嚇到了，看著喬玉甄問道：「真的假的？你別嚇我啊，沒這麼嚴重吧。」

喬玉甄搖搖頭說：「我沒嚇你，真的有這種可能。」

傅華趕忙說：「別啊，這種事你湊什麼熱鬧啊，我師兄才剛進去，你又來這一手，幹嘛，要考驗我的心臟強度啊？」

喬玉甄說：「你真的這麼緊張嗎？你平常不是覺得我和你師兄的行爲，早就該被抓了嗎？」

傅華誠摯地說：「你們都是我的朋友，我怎麼會希望你們被抓呢？我只是覺得你們的行爲有很大的問題，有被抓的危險，我跟你們說這些也是在擔心你們，並不是我希望你們被抓。你知道嗎，我師兄被抓的這幾天，我心情有多悶！所以拜託你，別再火上澆油了，行嗎？」

喬玉甄眼睛直視著傅華的眼睛好一會兒，傅華被看得心裏有點發毛，眼神躲閃開說：

「好了，別這麼看我了，感覺怪怪的。」

喬玉甄卻猛地伸手過來捧住了傅華的臉，然後雙唇堵住了傅華的嘴，開始親了起來。

喬玉甄這一連串的動作太過突然，傅華一時間沒反應過來，不由得呆了一下，隨即意識到這樣子是不應該的，趕忙想要推開喬玉甄。

沒想到喬玉甄卻死勁的抱著他的頭吻住不放，嘴裏含糊的叫道：「要我，快，要我。」一邊叫著，喬玉甄的身體撲過來壓在傅華的身上，在傅華身上扭動著，想要挑起傅華身體最原始的欲望。

傅華使勁的想要推開喬玉甄，卻被喬玉甄咬住了嘴唇，身體緊緊地壓著不放，無奈之下，他乾脆放棄了掙脫，任憑喬玉甄爲所欲爲。喬玉甄見傅華如此被動，也覺得十分無趣，就放開了傅華，坐在那裏哈哈大笑了起來。

傅華被笑得有點毛骨悚然，他覺得今天的喬玉甄真是有點不太正常，便輕輕地推了她一下，說：「小喬，你別這樣子，你今天到底是怎麼了？」

「要你管！」喬玉甄伸手打掉了傅華的手，罵道：「你們這些臭男人沒一個好東西，到關鍵時候沒一個能靠得住的。你給我滾蛋，我不用你可憐。」

傅華被罵愣了，隨即明白喬玉甄可能是在別的男人那裏受了傷害，因而把火氣發在他的身上，就說：「好了，小喬，你心中有什麼委屈就說出來好嗎？別藏在心裏把自己給憋壞了。」

「夠了，傅華，」喬玉甄衝著傅華嚷道：「別在我面前裝什麼道德君子了，你想安慰我可以，就敞開了跟我睡一次，不然你就給我滾，有多遠滾多遠，我不想再見到你了。」

傅華被喬玉甄嚷得也有些惱火了，想要發作，但是看喬玉甄已經在崩潰的邊緣，便把火氣壓下去，說：「行，我走就是了。」

傅華說完就往門口走去，正要開門離開時，喬玉甄衝上來從背後抱住了他，說了一聲別走，就趴在傅華的背上大哭了起來，邊哭便嚷道：「傅華，這次我真的完蛋了，我會去坐牢的，你說我要怎麼辦啊？」

傅華被喬玉甄搞得有點手足無措起來，他關上門，勸道：「小喬，我不走，你先別哭好嗎？有什麼事情說出來大家一起商量嘛，總有解決的辦法的。」

喬玉甄抽泣著說道：「不行的，傅華，你不知道問題的嚴重性，我身上背的事情可比你師兄的嚴重多了，我要是被抓了，一定是被判死刑的。」

傅華心裏咯登一下，喬玉甄來往的那些人可都是大人物，相對牽涉到的情節肯定不會是小事，但是他沒想到會嚴重到這種程度。

「不會的，」傅華安慰道：「你身後不是還有那些有實力的朋友嗎？難道他們就不管你了嗎？」

「有實力的朋友，」喬玉甄冷笑一聲，說：「狗屁，這些王八蛋平常跟你熱情得很，真正有事就都不見人影了，我現在連他們的電話都打不通了，還能指望他們什麼啊？傅華，這些傢伙要是不幫我，這次我真要完蛋了。」

難怪喬玉甄今天會這麼崩潰，原來以前支撐她耀武揚威的那些實力人物這次都不見蹤影了，沒這些強力的靠山罩著，她就得獨自去面對那些違法亂紀行爲的懲罰了。

喬玉甄繼續大哭著，傅華實在找不到話來勸她，只好將那天喬玉甄說白龍王給她推算的話拿了出來，說：「不會的，小喬，你不會有什麼事的，你忘了，白龍王可是給你算過命的，他不是說你這一生應該福緣深厚，不會有什麼大的災禍的?!」

沒想到這句話還真起了作用，喬玉甄聽傅華說起白龍王，居然停止了哭泣，說：「對啊，我怎麼忘了這件事了，是啊，他說過，讓我不要跟命爭，說我可能會有一次牢獄之災，但是不嚴重，傅華，你說是不是指的就是這一次啊？」

傅華也不知道白龍王說的究竟準不準，此刻能先勸喬玉甄穩定下來就行，因此說：「可能就是吧。你不是說白龍王算得很準嗎？」

喬玉甄聽了，情緒立即平靜許多，說：「你看我這個記性，怎麼偏偏忘了白龍王他老人家早就推算出會有這一天呢。傅華，對不起啊，剛才我情緒有點崩潰，讓你看笑話了。」

傅華笑笑說：「我倒是沒什麼，只要你沒事就好。你那些朋友真的聯絡不上了嗎？」

白龍王的說法總是虛幻的，靈不靈驗還很難說，現在真正有能力救得了喬玉甄的，還是她背後的那些實權人物，傅華因而有此一問。

喬玉甄苦笑了一下，說：「其實我做的很多事情並不是我本人要做的，我只是那個在前台表演的人而已，本來就是要給人家做替死鬼的。」

傅華不禁說道：「小喬，我記得你可是跟我講過一下笑話，說你有把握玩得轉身後的那幫傢伙的。」

喬玉甄當時講了一個領導被抓的笑話，暗示她手裏握有身後那些權勢人物的把柄，可以作爲保護自己的武器，可是怎麼看今天喬玉甄的樣子，這個武器好像不起作用了呢？

喬玉甄搖搖頭說：「那是最後手段，不到萬不得已是不能用的。而且說實話，那些傢伙能力都很大，我也沒膽量逼他們太狠。更何況，我現在根本聯繫不上那些人，也無法用這些來脅迫他們的。」

原來最有用的武器真的到用的時候根本就用不上！不過，喬玉甄不用這些也未嘗不是件好事，她身後的那些人可都是狠角色，真要逼急了，說不定喬玉甄反而會先被滅口了，看來只能想別的辦法了。

傅華問道：「小喬，你能告訴我究竟是怎麼一回事嗎？我怎麼想都覺得我師兄的事應該牽涉不到你的。」

喬玉甄語帶保留地說：「傅華，你還是別問了，我牽涉的事情太過複雜，你知道了並沒有好處。我知道你是關心我，但是有些事我真的不能說；剛才我是有點失去理智了，說了些不該說的話，你把它們都忘記了吧，就當我沒說過。」

傅華開玩笑說：「可是你剛才的一些舉動實在太令人印象深刻了，恐怕我很難忘記。」

喬玉甄臉紅了一下，她知道傅華是說她剛才在幾近癲狂的狀態下，想要跟他做那件事情的衝動，便笑笑說：「想不到你這傢伙也有不老實的時候，不過，我是真的想要跟你發生點什麼的，如果你想的話，我不介意跟你繼續啊。」

傅華趕緊搖搖頭說：「我還真是不敢。」

喬玉甄斜睨了傅華一眼，說：「你是不敢，可不是不想，我剛才可是感覺到你的身體對我是有反應的。」

傅華被說的有些尷尬，忙說：「別開玩笑了，只要是男人，被你那樣對待都不會沒有反應的。好了，既然你能開這種玩笑來，說明你已經沒事了，那我走了。」

「別走，」喬玉甄挽留說：「你急什麼啊，我現在心裏還是很不好受，坐著陪我聊一會兒吧。」

傅華看了看喬玉甄，說：「聊是可以，不過，你最好身上加件衣服，別穿成這樣子來考驗我了。」

喬玉甄笑了，說：「有賊心沒賊膽的傢伙，爲什麼就不能勇敢一點，我又不會要你負責任。」

傅華求饒說：「好了，小喬，別開這種玩笑了好嗎？」

「膽小鬼！」喬玉甄笑罵了一句，不過還是在睡衣外面加了一件外套。又開了瓶紅酒，給傅華倒上了酒，然後說：「你是不是覺得今天的我很可憐啊？是不是想跟我說：早知今日，何必當初呢？」

傅華搖了搖頭，說：「你不要老把我當成什麼道學先生，似乎我就會說教，別的什麼都不會。」

喬玉甄打趣說：「難道你不是嗎？」

傅華笑說：「好吧，我承認我是有那麼一點。說實話，我覺得你今天很可憐，不過我也不會說那種早知如此何必當初那種毫無意義的話，我知道雖然你這一刻很害怕，但不代表你就後悔了，恐怕你並不覺得你做錯了什麼。」

喬玉甄點點頭說：「傅華，我真是覺得你太瞭解我了。是的，我並不後悔，即使我最後下場可能會很慘。我很害怕，但是絕不後悔，起碼我這一生過得很精彩。如果我不這麼做。我現在可能每天爲了一點蠅頭小利營營苟苟，大好的年華都會耗在一些毫無意義的瑣事當中，如果要過一輩子那樣的生活，我也是不會開心的。」

性格決定命運，喬玉甄不甘於平庸的性格，早就註定了她會走上這種充滿風險的道路，這也是她自己心甘情願的選擇，別人沒有什麼可以褒貶的。當然，既然選擇了，就要承擔後果，這也是無可回避的。

「所以白龍王他老人家說的很對，有些事是我命中註定要承受的，人是不能與命鬥的。」喬玉甄認命地說。

傅華說：「既然這樣，那你剛才爲什麼那樣呢？」

喬玉甄笑說：「人家那是一時六神無主了嘛？我是個女人啊，有時候慌張一點也是正常的。不過，剛才我靠在你懷裏的感覺還真是不錯，要不要再讓我靠一下啊？」

傅華苦笑了一下，說：「好了，別來考驗我的意志力了。」

喬玉甄笑笑說：「你這傢伙，總是這麼煞風景。不過這越發讓我渴望跟你能有點什麼了。誒，傅華，先約好啊，如果你有一天想要出軌的話，一定第一時間來找我啊，我保證讓你滿意的。」

傅華說：「好了，別說這種曖昧的話題了。誒，你知道嗎，曲志霞又要來北京了，要來參加在職博士的複試。」

喬玉甄搖搖頭說：「又是一個不甘平庸的女人，這次她恐怕逃不過吳傾的手掌心了。傅華，你別怪我同情她，其實我和她很多地方很類似，爲了達到目的，都會不擇手段。」

傅華說：「我能理解，其實也不光是女人，男人為了達到目的也是不擇手段，大家都一樣，我不會再對曲志霞有什麼看法了。」

喬玉甄笑說：「你這個道學腦袋總算是開通一些了。」

那天傅華一直陪喬玉甄聊了很久，直到喬玉甄情緒徹底穩定下來才離開。傅華離開時，事情雖然並沒有找到什麼有效的解決辦法，但是喬玉甄已經可以勇敢去面對，而不再滿懷恐懼了。

第三章

權勢受害者

曲志霞為了追名逐利，不得不付出她並不十分甘願付出的代價。
她更應該算是一個受害者，吳傾才是利用權勢加害他人的壞蛋！
他利用導師強勢的地位逼迫曲志霞就範。
無恥的是吳傾，曲志霞只是可悲又可憐的角色罷了。

轉天，傅華在首都機場接了來參加複試的曲志霞。曲志霞神態從容，一副放鬆的樣子，似乎對能通過這次的複試胸有成竹。傅華接過她的行李，將她載去駐京辦。

在車上，除了一開始的寒暄之外，曲志霞就只是看向窗外，一副若有所思的樣子。此時，她雖然已經下定了決心去面對吳傾，但是事到臨頭，她心中還是有幾分惶恐不安，畢竟她要做的是對不起丈夫的事。

然而，曲志霞卻沒有改變決定的意思，她感受到因爲金達和孫守義的聯手，她有被邊緣化的趨勢。對此她很不甘心，特別是被曾經發展並不如她的金達壓了一頭，讓她更是咽不下這口氣去。

曲志霞對要改變目前這個困局，只能跟市委副書記于捷聯手，但他們兩人聯手的威力遠遜於金達和孫守義，因此只有挨打的份，而無還手之力。

這在城邑集團得標這件事情上表現的最爲明顯，城邑集團這次得標明明是違規的，她和于捷先後提出來，要求撤銷城邑集團得標的資格，卻遭到金達和孫守義的抨擊，不但沒有撤銷掉城邑集團的得標資格，還被這二人好一頓的羞辱。曲志霞自然十分的憤慨。

曲志霞不想在海川任職常務副市長期間毫無作爲，淪爲金達和孫守義的附庸；更不想讓常務副市長成爲她仕途的終點。因而讀吳傾的在職博士班是她改變這種困局最有利的一個選擇了。

她要用讀博士的這幾年臥薪嚐膽，做三千越甲可吞吳的勾踐，看到那時候，金達和孫守義這兩個混蛋還敢欺負她不?!

傅華並不知道曲志霞在想什麼，不過因爲喬玉甄的關係，讓他對曲志霞多了幾分理解。說到底，曲志霞也是被名利纏身，爲了追名逐利，不得不付出她並不十分甘願付出的代價。

在整件事當中，曲志霞更應該算是一個受害者，吳傾才是利用權勢加害他人的壞蛋！他利用導師強勢的地位逼迫曲志霞就範。無恥的是吳傾，曲志霞只是可悲又可憐的角色罷了。

曲志霞其實比喬玉甄更爲可憐。喬玉甄利用社會的潛規則爲自己賺取巨額利益，她是這個扭曲時代的受益者；曲志霞卻是這個潛規則的受害者，她要付出本不需要付出的東西，得到的卻是她原就應該得到的東西。這也是這個社會極爲荒謬的一面。

辦好入住手續後，曲志霞交代傅華說：「傅主任，我要專心準備考試，不要讓人來打攪我，知道嗎？」

傅華對曲志霞能從繁忙工作中馬上抽離出來進入學習狀態的本事頗爲佩服，趕忙答應了。

第二天是週六，傅華送曲志霞去北大參加考試，考完試出來，曲志霞臉上帶著笑容，顯然考得不錯，傅華便向她表示恭喜。

曲志霞笑笑說：「現在說恭喜還早了點，要等我考上才行。誒，傅主任，我晚上要跟一個朋友見面，你就不用陪我了。」

曲志霞說要跟朋友見面，很可能是去見吳傾，探問她複試的成績如何，上次傅華陪她去跟吳傾喝酒，結果吳傾當著傅華的面抱了曲志霞，搞得大家都很尷尬，這回估計曲志霞是不想傅華在旁邊再來看她難堪了。

傅華便說：「曲副市長，那您需要用車嗎？」

曲志霞說：「不用了，你和司機都下班吧，我不需要的。」

曲志霞不想有駐京辦的人在旁邊，傅華越發確信她是要去見吳傾了，就說：「那行，曲副市長，如果您需要什麼，再給我電話吧。」

於是傅華就下班回家，不再管曲志霞的事了。

第二天是周日，本來是休息的時候，但是由於曲志霞在駐京辦住著，傅華也就不敢休息，不得不按照平常的上班時間去了駐京辦。

他在辦公室待到快十點鐘，曲志霞打電話來，說下午要趕回海川，讓傅華安排將她的機票改簽。

原本曲志霞是定在星期一回海川的，預備了一天作爲活動時間。現在她要提前，一定是從吳傾那裏得到了確切的消息，知道無需再待上一天，所以才提前回去的。

傅華安排好機票，下午送曲志霞去機場。曲志霞上車的時候，傅華注意到她的神情很淡定，雖然她掩飾得很好，但是從這種淡定可以看出曲志霞這次應該是勝券在握了。

在路上，曲志霞向傅華表示了感謝，還跟傅華聊了新近發生的事，鼓勵傅華要好好幹。從她的表現來看，傅華越發確信曲志霞是得到了好消息。因爲人只有在高興的時候，才會有心情跟別人聊些有的沒的。

送曲志霞進安檢的時候，傅華無意中看到她耳後有一塊紅痕，像是被人親吻的痕跡，不知道昨晚是不是吳傾對曲志霞有了親密的行爲。

離起飛還有十幾分鐘，上了飛機的曲志霞在座位上閉目小憩，不自覺想起昨晚發生的事。

曲志霞算是家教嚴格的家庭中長大的，經歷過的男人就只有丈夫一個，而她丈夫的個性也是保守型的，做什麼事都是中規中矩，即使是夫妻的親密行爲也是如此。

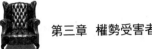

曲志霞以前從來不覺得這樣有什麼不對，她的心思也都放在工作上，從未想過男女在那方面還能玩出什麼新鮮花樣來，但是昨晚她真是開了眼界，才發現雖然她在學術水準高到可以讀在職博士了，但在男女情事方面，卻是低到連小學都沒畢業的程度。

吳傾帶給她的新鮮與刺激，讓她幾乎忘了這是一場羞辱，反而變成一桌感官的盛宴，曲志霞感覺自己經歷到從所未有的歡愉巔峰。原來男女間的情事可以這麼美好，這是丈夫從來都沒有帶給她過的感受。

她心中不免有一絲羞愧，怎麼可以貪戀這種肉欲的享受呢？然而，這絲羞愧很快就一閃而過了，如果不是吳傾，她不知道她前半生錯過了什麼。原來男人和男人也有很大的不同，吳傾讓她知道了真正的男女之愛應該是什麼樣子。

曲志霞本就是一個強勢的女人，不單在工作上強勢，在家庭裏她也是強勢的。作爲強勢的一方，她習慣把事情都從有利於自己的角度去解釋。就像她跟吳傾的不倫，本來她是感覺對不起丈夫的，但是真正做了之後，她就馬上爲自己找到一個可以心安的理由，消除了心理上的愧疚感。

昨晚在去見吳傾之前，曲志霞已經做好了心理建設，吃飯的時候，曲志霞不斷的勸酒，想灌醉吳傾的同時，也把自己灌醉，這樣她才能放下羞恥心，順利完成這個潛規則。

兩個人對接下來要發生的事都心照不宣。吃完飯，曲志霞對吳傾說：「我有點頭暈，找個地方休息一下吧。」於是順理成章，吳傾就找了個賓館開了房間。

吳傾不愧是個玩家，一關上房門，就立即展開攻勢，親吻起曲志霞的後頸、耳垂……根本就不給曲志霞有後悔和猶豫的時間，直接就行動了起來。

不知道是酒精的作用，還是吳傾真是技巧高超，曲志霞被吳傾親吻著耳垂的時候，渾身感覺到一陣觸電般的酥麻。曲志霞很快就淪陷了，迅即丟盔棄甲，卸下了心防，與吳傾開始了一場新奇之旅。

吳傾對她所做的許多動作，都是她從未體驗過的，讓她不禁像未經人事的少女一樣心如鹿撞，臉泛潮紅；那種美好的感覺簡直無法用言語來形容，她感覺自己被送上了雲巔，她沉睡半生的身體意識就此被完全喚醒。

繳械後的吳傾很快就沉沉的睡去，曲志霞卻還沉浸在剛才的氛圍中，絲毫沒有睡意。她沒有等吳傾醒來，稍事休息之後，就離開了房間。她必須要趕回駐京辦去，不能讓駐京辦的人發現她一夜未歸。

今天早上起床的時候，曲志霞給吳傾發了個短訊，告訴他自己不告而別的原因。吳傾回說：「昨晚我很愉快，期待你來讀博士的那一天。」這對曲志霞就夠了，吳傾這是向她承諾他會錄取她作爲學生的意思。

至此，曲志霞圓滿達到了此行的目的，甚至超出她原本的預期。她心中不禁憧憬著日後跟吳傾讀博士的日子，不知道那時候他們還會有什麼新的火花出現?!她忍不住笑出聲來。

這時，飛機開始爬升，她的身體和心理再一次被送上了雲巔。

送走了曲志霞，傅華接待曲志霞的工作算是結束了，他就沒再回駐京辦。在回去的途中，傅華本想打電話給喬玉甄，看看她今天的情緒怎麼樣，但是想想還是作罷了。對喬玉甄的困局，他無能無力，通電話也僅能表達一點關心而已，這除了增添喬玉甄心理上對他的依賴，並沒有任何意義。

他又想到最近都沒有人來看海川大廈的情況，顯然趙凱出售海川大廈股份進展的並不順利，當初趙凱是因爲他才出資建設海川大廈的，道義上，他應該關心一下，傅華就去了趙凱家。

趙婷帶傅昭出去玩了，趙淼則是在海川大廈跟章鳳膩在一起，家裏只有趙凱夫妻。趙凱的神情看上去很平淡，並沒有什麼焦急的神色。

表面上看，似乎通匯集團的局面有所緩解。傅華卻並不感到樂觀，如果通匯集團的業務恢復正常的話，趙凱是不會這麼閒的。以往通匯集團業務忙碌的時候，趙凱老是國內國外飛來飛去，根本就沒有時間待在家裡的。

趙凱看到傅華很高興，說：「你來啦，走，跟我去書房坐坐。」

傅華跟趙凱去了書房，坐下來後，傅華不禁問道：「爸，海川大廈是不是出售得不太順利啊？」

趙凱說：「是啊，雖然有出價的，不過價錢都壓得很低，擺明是趁火打劫的意思。通匯集團雖然困難，卻還沒有到賤價出售資產維生的地步，所以都被我推掉了。」

傅華慚愧地說：「對不起啊，爸爸，我幫不了您什麼忙。」

趙凱慈愛地說：「你這孩子，跟我說什麼對不起啊，通匯集團的困境又不是你造成的。」

傅華有些愧疚地說：「可是我總覺得我在這時候應該做點什麼幫幫您的，偏偏我能力有限，一點忙都幫不上。」

趙凱笑笑說：「你有這個心就好了。現在通匯集團的困局是大環境的問題，歐美市場極度萎縮，這是行業整體的困難，我都沒招，你又能有什麼辦法。其實你也不用覺得難過，通匯集團過了二十年的好日子，我已經感到很幸運了。」

傅華看了看趙凱，說：「那您目前有什麼打算，是不是考慮收縮原有的業務，轉做其他的行業？」

趙凱說：「這個問題我不是沒想過，不過國內很多行業，格局已經形成，我現在殺進去，只會被那些巨鯊們吃得渣都不剩。小婷和小淼在商業方面都興趣缺缺，我一個老頭子也不想再拼得那麼辛苦了，所以想來想去，能撐下去還是撐下去吧，畢竟通匯集團還有一大票人要跟著我吃飯呢。」

從趙凱的語氣中，傅華可以感受到他後繼乏人的那種悲傷，這也是沒辦法的事，趙婷和趙淼姐弟倆都不是什麼商業上的奇才，幫不上趙凱的忙，害得趙凱不得不獨撐危局。

趙凱接著說：「傅華，你最近跟那個喬玉甄還有往來嗎？」

趙凱突然問起喬玉甄，傅華感覺趙凱一定是聽到了什麼關於喬玉甄的風聲，便點點頭說：「還有，怎麼了？」

趙凱正色說：「我並不是想要干涉你跟什麼人往來，但是那個女人身上透著邪性，你還是離她遠一點比較好。最近我聽到消息，她牽涉到你師兄在聯合銀行貸款舞弊的案子，情形很不妙。」

傅華點頭說：「我前幾天見過她，看她的情形這次還真是很嚴重，您聽到的消息是說她牽涉到了什麼事啊？」

趙凱問：「她沒跟你說嗎？」

傅華搖了搖頭，說：「她只是很崩潰的樣子，說是這次背的事情很大，卻不肯講究竟是爲了什麼。」

趙凱說：「當然是很大了，聽說這個女人成立空殼公司，利用虛假的抵押物從多家銀行騙取巨額貸款，其中一筆款項就是你師兄經辦的。相關部門從這次雙規賈昊的過程中發現了喬玉甄的問題，可能馬上就會對她展開全面的調查。」

傅華心想喬玉甄看來真是凶多吉少了，難怪她會那麼慌張。

這個時候就不得不說趙凱做事很有遠見，如果當初趙凱貪圖小利，接受了喬玉甄購買海川大廈股份的方案，此刻通匯集團可能也會被牽涉其中，即使拿到了喬玉甄付出的錢，也得作爲贓款吐出去的。

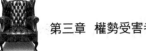

傅華便說：「爸爸，好在您當初有定見，拒絕了喬玉甄，不然現在通匯集團可能也會遇到麻煩的。」

趙凱笑笑說：「那沒什麼的，我經商也有幾十年，什麼人能相信，什麼人不能相信，這點眼光還是有的。」

傅華很想瞭解賈昊的案情，就問趙凱說：「爸爸，您聽沒聽說有關我師兄的情況啊？」

趙凱說：「聽是聽到了一點，好像是與藝術品信用投資基金有關。不過目前案件還在偵查的初步階段，你師兄的案子只是撕開了一個口子，繼續深查下去，會牽涉到一大批人的。這會兒我估計北京有不少人都睡不著覺了。」

傅華說：「是啊，我師兄被抓的那天，巴東煌也在場，他當時簡直嚇壞了，很長一段時間他都無法站起來。」

趙凱一聽巴東煌的名字，說道：「這傢伙官聲很差，外面說他窮奢極欲，沒有不敢收的錢，這種人早晚要出事的。傅華，你怎麼最近來往的都是這些人啊？你可要小心些，別被這些人給牽連進去。」

傅華無奈地說：「我也不想啊，但是在駐京辦，必然會接觸到行行色色的官員，難免要跟他們打交道。」

趙凱嘆說：「現在的官員真正清白的真是沒有幾個了。不說別的，就說我們集團接觸的一些官員吧，只要手上有點權力的，都想盡辦法來通匯集團揩油，每年光是打點這些傢伙，就要花費不少的錢。還不能不應付他們，他們只要有些不滿意，馬上就會給你眼色看。以前通匯集團好的時候，還不覺得什麼，現在經營情況惡化，這就是一筆不小的負擔了。」

傅華對此愛莫能助，只能爲趙凱感到心酸，暗自希望趙凱能夠趕緊想到辦法，幫通匯集團走出困境。

傅華在趙凱家吃了晚飯才離開，從趙凱家出來，傅華不放心喬玉甄，還是給她打了個電話，沒想到電話打去居然是盲音，電話無法接通。

傅華心裏咯登了一下，難道她真的被相關部門採取措施了？他不禁爲喬玉甄擔心起來。

週一上班，孫守義剛到辦公室，曲志霞就過來跟他打招呼，說她提前從北京回來了。

孫守義看曲志霞春光滿面的樣子，笑了笑說：「看來你這次的複試考得很不錯？」

孫守義很高興曲志霞主動跟他攀談示好，之前因爲城邑集團的得標資格，兩人關係搞得很僵，讓他心裏很彆扭，孫守義就很想跟曲志霞緩和一下關係，就算僅僅是表面上的也好。

曲志霞說：「是啊，我個人感覺成績應該不差，通過考試應該沒問題。」

孫守義說：「那恭喜你了，曲副市長。其實你不一定要急著回來上班，這一天可以回家去休息一下嘛。」

曲志霞臉色微微變了變，她剛跟吳傾有了那種不倫關係，實在很難馬上回去面對老公，她需要一點時間緩衝一下，因而才選擇留在海川。

曲志霞便說：「我也想回家啊，可是一想到還有一大堆公事等我處理，我就沒那個心情了。」

孫守義開玩笑說：「曲副市長，你這樣可不太好啊，工作要顧，家庭也是要顧的。你老不回去，小心後院起火啊。」

曲志霞笑笑說：「這我不擔心，我們家那口子很老實，他不敢的。」

曲志霞又談了幾件工作上的事情就離開了。

曲志霞前腳剛走，何飛軍就進了孫守義的辦公室。一進門就說：「我們的曲副市長越來越厲害了，成了博士之後，恐怕要到省裏當省長了。」

孫守義看了何飛軍一眼，從他發現是顧明麗找人跟蹤他之後，他一直在暗中觀察何飛軍的神色。對何飛軍的僞裝能力他不得不暗自心服，因爲直到今天，他也沒從何飛軍的神色中看到絲毫心虛的表現。

孫守義依舊保持著不冷不熱的態度說：「老何，你別這麼說我們的曲副市長，人家那是努力上進。你羨慕的話，也可以去搞一個在職博士來讀啊，又沒有人攔你。」

何飛軍乾笑說：「看市長您這話說的，我就是想讀也得是那塊材料啊，我現在只要拿起課本，三分鐘不到，保證就會打呼，我可不想去遭那個罪。」

孫守義說：「既然你沒那個本事，就不要說那種酸溜溜的話。好了，你來找我有什麼事？」

何飛軍對孫守義這種冷淡的態度並不意外，自從他娶了顧明麗之後，孫守義對他就是這種愛理不理的樣子，他知道想要在短時間內扭轉孫守義對他的態度是不太可能的。

何飛軍就說：「是這樣子，我來是跟您彙報一下氮肥廠整體搬遷的情況。」

氮肥廠地塊由城邑集團得標後，束濤爲了避免再生枝節，很快就按照合同上的約定，支付了部分的土地出讓金，氮肥廠整體搬遷工作就全面啓動起來。作爲分管工業的副市長，這件事正好由何飛軍負責，孫守義就聽何飛軍開始彙報起來。

聽完彙報，孫守義說：「行啊，老何，你工作做得還算可以，繼續努力吧。」

何飛軍說：「那市長我就回去工作了。」

孫守義叫住何飛軍說：「誒，等一下，有件事我要問你，有人說你去香港花了好幾萬給老婆買了個名牌包，有這事嗎？」

何飛軍小心地說：「市長，是有這回事，這用的是我的正當收入，應該沒什麼問題吧？」

孫守義瞅了何飛軍一眼，說：「老何啊，真是你的正當收入嗎？」

何飛軍臉上閃過一絲驚慌，不過轉瞬間就恢復了正常，堅持說：「當然了，我好歹也是工作多年了，難不成連幾萬塊的家底都沒有嗎？那我也太無能了。」

孫守義並不是真的想要去追查何飛軍的收入來源，他故意質問他，只是想讓何飛軍心裏慌張一下；此外，他也不免存疑，何飛軍的工資收入雖然不算少，但是也沒富裕到能花幾萬塊買名牌包的程度。更何況他剛離婚，財產還被前妻拿走了一部分，他真的沒有其他不當收入嗎。

孫守義說：「老何，我不是不相信你，而是你要顧及一下自己的形象，你剛離婚，外面對你的議論已經不少了，才沒幾天你又花幾萬塊給顧明麗買包，你讓下面的同志怎麼想你啊？」

何飛軍說：「市長，我沒想這麼多，這是顧明麗讓我幫她買的，她的同事買了一個這樣的包，她就非鬧著讓我去香港的時候也買這個包給她，我不想跟她吵架，只好買了。」

孫守義想到劉麗華提到這件事，其實也是有嫉妒顧明麗拿名牌包的成分在其中，不覺說：「女人啊，就是愛虛榮、愛攀比。」

何飛軍深有同感地說：「是啊，女人就是這樣，我真是拿她沒辦法。」

孫守義提醒他說：「雖然是這樣，你也不要忘了自己的身分，你是一個領導幹部，在生活享受上應該儘量低調，不要留下話柄，造成不好的影響。」

何飛軍立即說：「我知道了市長，我會跟顧明麗說，讓她注意一點，儘量少把那個名牌包拿出去。」

孫守義說：「現在就沒必要了，反正影響已經造成了，以後多注意吧。」

何飛軍點點頭說：「好的，市長。」

孫守義又語重心長地說：「老何啊，不是我愛多管閒事，主要是你是我用起來的人，我就需要對你負責，我不願意聽到太多關於你的負面消息，那樣會影響你的上升的，知道嗎？」

孫守義在敲打了何飛軍之後，不忘適時地給何飛軍幾根胡蘿蔔，安撫他一下。果然，何飛軍神態間便有了幾分感激之色，激動地說：「市長，我以後一定會檢點自己的行爲的。」

孫守義笑笑說：「好，老何，我相信你能做得到，行了，去工作吧。」

何飛軍離開孫守義的辦公室後，孫守義的臉上露出了一絲冷冷的笑容，他對何飛軍說的話，基本上都抱持著保留態度，他甚至懷疑那個名牌包可能根本就是有人送給何飛軍的。

這一點並非沒有可能，這次香港的招商，有一批海川的商人隨行，這些商人們都是勾兌關係的高手，又怎麼會放過結好分管工業的副市長的大好機會呢。

此外，何飛軍和呂鑫之間眉來眼去的樣子，也落入了孫守義的眼中。呂鑫是個很上道的商人，爲了跟何飛軍搞好關係，偷偷給何飛軍點好處也是不無可能的。

更重要的，何飛軍一向不是個大方的人，他會捨得花幾萬塊去買一個手上拎的小包，只爲討顧明麗的開心？

綜合這些結論，讓孫守義更加確信這個包應該是別人買了送給他的。

這越發讓孫守義覺得應該儘快跟何飛軍拉開距離，他可不想將來被他牽連，可是，要如何能夠不著痕跡的把何飛軍和顧明麗這兩尊「瘟神」從身邊請出去呢？這可是一個令人撓頭的問題。

在何飛軍和顧明麗兩人之間，讓孫守義更爲頭疼的是顧明麗。在顧明麗沒跟何飛軍糾纏之前，何飛軍在孫守義眼中還算是個老實可靠的人，但是顧明麗出現後，何飛軍的一連串舉動都讓人感到無法接受。

她對何飛軍產生了很不好的影響，顧明麗是個頗為心機的人，可以說何飛軍是被她給帶壞了。現在她竟然還敢雇人來跟蹤他，孫守義不禁十分後悔，當初不該一時心軟，說服金達將顧明麗留在海川了。

這簡直活脫是現代版東郭先生和狼的故事，孫守義救了顧明麗這條母狼，反過頭來，這頭狼居然想吃掉他。

不行，一定要想辦法整整這個顧明麗才行。顧明麗是東海日報社的記者，要動她，還是只能透過報社，孫守義就想起喬社長來了。

他和喬社長早在他還是副市長時就處得不錯，孫守義幫喬社長介紹了不少企業在日報上刊登廣告，喬社長在日報的報導上也很支持海川市的工作，兩人算是無話不談的好朋友，也許他該去跟喬社長見見面，研究一下要如何對付顧明麗。

孫守義撥了喬社長的電話，說：「老喬啊，晚上有空嗎？」

喬社長笑笑說：「別人找我沒時間，你孫市長找我還能沒空嗎？說吧，要幹嘛？」

孫守義說：「我們有段日子沒小聚了，晚上聚聚吧？」

喬社長狐疑地說：「只是聚一聚，沒別的事嗎？」

孫守義跟喬社長不用藏著掖著，再說他也不想讓喬社長帶朋友過來，那樣就不方便談事了，就說：「還有件事情想跟你商量一下，所以別帶人來。」

喬社長便爽快地說：「行，你點地方吧。」

孫守義想了想：「就鴻賓樓吧。」

鴻賓樓是齊州一家還不錯的酒店，雖然檔次不如東海大酒店，但是相對的出入的人較少，不容易遇到熟人，他和喬社長的聚會最好是越少人知道越好，鴻賓樓正好合適。

下午三點多，孫守義跟金達說了聲要去齊州辦點事，就驅車直奔齊州。

到鴻賓樓，已經是晚上七點多了，他剛要好雅間，喬社長也到了。

坐定後，喬社長奇怪地說：「你這傢伙，究竟什麼事這麼重要，非要跑來齊州啊？」

孫守義嘻皮笑臉地說：「有好一陣子沒跟老哥你坐在一起吃飯喝酒了，就找個理由湊一湊啦。」

「去，」喬社長笑罵說：「你別說得這麼好聽。有事說事，別跟我拐彎抹角的。」

孫守義說：「老哥，別這麼急嘛，事情也沒那麼重要，我們先喝酒，然後再慢慢聊。」

「跟我逗悶子是吧?好了，趕緊說，我就不相信你這個大市長放下手頭的工作專程跑來齊州，跟我說的事情會不重要。」喬社長催促說。

孫守義笑笑說：「真的不是那麼重要，我只是心煩一個人。」

喬社長瞅了孫守義一眼，猜測說：「你不會是想跟我說，要我把顧明麗給調走吧？」

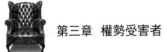

孫守義不禁稱讚說：「要不怎說老哥你聰明呢，真是讓你一說就中。」

喬社長爲難地說：「這件事可是有點難度啊，前些日子金達書記才跟我說過這件事，嫌顧明麗在海川造成不好的影響，讓報社將她調走。報社當時也想將她調離海川，但是顧明麗就在那時跟你們的副市長何飛軍結婚了，金達書記又覺得他們兩地分居不好，就讓報社撤回了將她調走的決定。」

孫守義苦笑了一下，說：「這我知道，還是我說服金書記讓他跟你說不要將顧明麗調走的。」

喬社長就奇怪了：「那你現在又是爲什麼想把她調走呢？顧明麗又惹到你了？」

孫守義不好告訴喬社長顧明麗請私家偵探跟蹤他的事，便說道：「具體原因我不好講，不過這個女人留在海川妨礙到我，所以我想把她趕走。」

喬社長開玩笑說：「老孫，不會是這個女人纏上何飛軍後，又纏上你了吧？」

孫守義心說她倒真是纏上我了，不過不是你想的那種纏上罷了，這種心機女打死我也不敢招惹啊。便笑笑說：「什麼跟什麼啊，你別想岔了，我就是討厭這個女人，不想讓她留在海川而已。」

喬社長嘆說：「這個女人確實是不討人喜歡，總是得理不饒人，我們社裏對她也很頭疼。但是社裏剛撤銷將她調走的決定，突然再要將她調離，她不大鬧才怪！所以這個忙我幫不了你。」

孫守義的眉頭皺了起來，喬社長的顧慮也是不無道理，報社如果反反覆覆的，正好給了顧明麗鬧事的口實。他無奈地說：「那就沒別的辦法了？」

喬社長搖搖頭說：「真的沒辦法，除非強行將她調走。老孫，你可別把你的問題轉給我們報社啊。」

孫守義苦笑說：「行，你不用擔心我逼你那麼做，我還沒那麼自私。」

喬社長不禁問道：「究竟怎麼回事，你跟我說說看，也許我能幫你想點別的辦法。」

孫守義只好老實說道：「這個顧明麗真是一個奇葩，她居然找私家偵探跟蹤我，想要抓我的把柄。」

「什麼？」喬社長驚訝的說：「她找私家偵探跟蹤你，真的假的？」

孫守義說：「當然是真的了，我騙你幹什麼，那個私家偵探都被我發現了。」

喬社長關心地說：「那她抓到你什麼把柄沒有？」

孫守義自然不會承認跟劉麗華的曖昧關係，便否認說：「當然沒有啦，我行得正坐得端，沒什麼把柄可給她抓的。」

喬社長聽了說：「那你擔心什麼啊，不去管它就是了。」

孫守義抱怨說：「老哥，你說得輕巧，你試試背後始終有一雙眼睛盯著你的感覺如何？」

喬社長笑說：「那滋味肯定是不好受的。誒，現在顧明麗和何飛軍是倆口子，你弄清楚究竟是他們當中的哪個人的主意了嗎？」

孫守義攤了攤手說：「這我怎麼弄得清楚啊，人家關上門嘀咕什麼誰能知道？不過，我總覺得顧明麗嫌疑比較大，何飛軍沒跟她糾纏之前，是沒這麼多鬼心眼的，都是顧明麗帶壞他了。」

喬社長卻說：「那也不能撇清何飛軍的嫌疑，我就不相信顧明麗做這些事，何飛軍會一點也不知情。」

「我也沒覺得何飛軍是好人，不過對我來說，何飛軍更難對付些。我在海川還算是立足未穩，不想直接跟何飛軍發生衝突。他分管的部門在海川也挺重要的，如果我們發生直接衝突，對市政府的工作並無好處。所以你明白了吧，老哥，我現在是處境尷尬啊。」孫守義大嘆說。

喬社長理解地說：「更尷尬的是，何飛軍是經你的手用起來的，如果你再出手對付他，會讓你的對手們笑掉大牙的。」

孫守義點點頭說：「就是說啊，唉，老哥，我現在真有搬了石頭砸自己腳的感覺。」

喬社長語帶玄機地笑了笑說：「其實這件事要解決，並不像你想的那麼難。你不一定非要動顧明麗，換個思路，問題可能解決起來會相對容易些。」

孫守義一聽，眼睛立時亮了起來，趕緊問道：「這麼說，老哥你有辦法幫我解決這個難題了？快跟我說要怎麼辦？」

喬社長賣著關子說：「誒，我的主意可是很值錢的，可不能就這麼隨便告訴你。」

孫守義笑了起來，說：「去你的吧，還想敲我的竹槓啊？跟你說，我早給你準備了茅台和『中華』了，都在車上，回頭老規矩，給你送家去就是了。」

喬社長笑說：「一點菸酒就想打發我啊？」

孫守義故意說：「你給我點厲害的招，要不然連這些都沒有啦。」

喬社長聽了笑說：「看來我只好賤賣了。我雖然沒法幫你把顧明麗調離海川，但是我有辦法讓你可以將何飛軍暫時調離海川。如果你能讓何飛軍離開海川幾個月，是不是你就可以從容佈局對付他們夫妻倆個了？」

孫守義沒有權力免除何飛軍的職務，但是，如果何飛軍有幾個月的時間不能在海川，他就可以將何飛軍分管的部門交給其他副市長去管理；即使何飛軍回來，孫守義仍然可以不將工業部門交給何飛軍。這實際上等於調整了各個副市長的分管範圍，孫守義也就可以不再受制於何飛軍了。

這倒不失爲一個好主意，孫守義看著喬社長說：「快說，我要怎麼做才能讓何飛軍離開海川市幾個月啊？」

喬社長笑說：「老孫，這還用我教你啊，辦法不是現成擺在那裏的嗎？」

「現成擺在那裏？」孫守義困惑地說：「我怎麼不知道呢？」

喬社長笑笑說：「你真是當局者迷啊。你沒聽說最近省委組織部正在組織市廳級幹部去中央黨校參加進修班學習嗎？這次的進修爲期半年，何飛軍不正好是市廳級嗎，這麼優秀的幹部，我想省委組織部一定會重點加以培養的，你說是吧，我的市長大人？」

孫守義大致明白喬社長的意思了，喬社長是要他利用這個機會，把何飛軍送進這次的幹部進修班。這半年，何飛軍不但遠離海川市的權力中心，更得將手頭分管的工作移交給其他副市長，這便一點不著痕跡的剝奪了何飛軍手上的權力。

等何飛軍回來，就算是站到了他的對立面，恐怕也無力撼動他，孫守義就可以隨意的拿捏他了。此外，領導幹部進黨校進修，通常是要被提拔的先兆。何飛軍一定會很高興的接受這個安排。對海川政壇來說，更不會有人想到孫守義這麼做是在對付何飛軍。另一方面，何飛軍不在海川市的期間，顧明麗沒有了何飛軍權力的加持，如果有什麼不軌的舉動，孫守義大可以毫不客氣的對她採取措施，顧明麗也不得不老實一段時間。

不得不說，這實在是一個錦囊妙計；更妙的是，孫守義還可以找省委組織部的領導幫他安排讓何飛軍去進修。也就是說，他完全可以將這條計策付諸實施。

孫守義不禁挖苦喬社長說：「你這傢伙可真是夠陰險的，這麼損的主意也想得出來。」

喬社長笑了笑說：「誒，你別得了便宜還賣乖啊，你嫌主意損，可以不用啊。」

孫守義露出陰笑說：「我如果不用，又怎麼對得起何飛軍和顧明麗這對夫妻呢？損招對損人，正好合適，我要讓這兩個混蛋知道什麼才是政治玩家。想跟我玩花招，他們還嫩了點。」

喬社長在一旁說：「誒，你別得意忘形啊，這招可是我幫你想出來的。」

孫守義笑說：「那是，跟你老哥比起來，我也嫩了點。」

喬社長自嘲說：「我怎麼覺得你是在罵我老奸巨猾一樣？」

孫守義趕忙說：「這可是你自己說的，我可沒說啊。來，我敬你一杯，感謝你幫我想出了這麼個好主意。」

喬社長失笑說：「你這傢伙啊。」

兩人碰了下杯，將杯中酒一飲而盡。

第四章

避風頭

傅華趕忙接通電話，說：「你這幾天為什麼會一直關機啊？你可別告訴我這次你又病了。」

喬玉甄笑說：「這次不是病了，是有人叫我避避風頭，所以我就關機了。」

傅華說：「那你現在開機是不是就代表沒事了？」

喝完，孫守義又問喬社長：「誒，老哥，你聽沒聽說省委準備讓接替李天良位置的那個副市長什麼時候到任啊？」

這對孫守義來說是個很重要的問題，如果接替李天良的人遲遲不能到任，那海川市就缺員一位副市長，這樣他想讓何飛軍去中央黨校進修的事就不好安排了。

喬社長聽了說：「這你不用擔心，省委組織部對何俊森的考察工作已經進行完了，只要一上常委會，任命就會公佈，所以你不用擔心人手不夠用的問題。」

孫守義說：「那就最好不過了。老哥，你接沒接觸過這個胡俊森啊？知不知道他是個什麼樣的人？」

「我和他打過幾次交道，他是很精明、很有能力的一個人，人家是博士，社會上的人脈關係也廣，屬於強勢派的人物。老孫，你要領導好這樣一個下屬，恐怕並不是件容易的事啊。」喬社長不免替孫守義擔心起來。

孫守義對此倒是不太擔心，強勢派人物有強勢派的領導方式，只要對路，不怕他不爲自己所用。另外一方面，他從何飛軍身上感受到沒有能力的人添起堵來，其實更令人傷腦筋，便笑笑說：「現在這個社會，想要領導好誰都不容易的。何飛軍沒什麼能力，搗起亂來一樣讓人頭疼。」

喬社長點點頭說：「這倒也是。胡俊森這種人是何飛軍根本無法比的，你能用好了他，會得他助力不少的。」

孫守義心中暗自決定，何飛軍離開海川期間，他就把何飛軍分管的工作轉移給胡俊森。

轉天，孫守義找了個機會去省組織部拜訪白部長，因爲沈佳父親的關係，白部長跟孫守義一直保持著很良好的關係。

進門後，孫守義先跟白部長閒聊了幾句，然後就問起黨校進修班的事情。

白部長見孫守義問起這個，笑笑說：「守義同志，你問這個，是不是想推薦什麼人參加啊？」

孫守義說：「是的，白部長，我們市的何飛軍副市長很符合這次進修班的條件，您能不能幫他安排一下？」

「何飛軍？」白部長沉吟了一下，說：「守義同志，這個何飛軍最近的名聲可不怎麼樣啊，又是離婚又是結婚的，鬧得沸沸揚揚的，讓他進這個班好像有點不太合適。」

孫守義說：「白部長，我也知道何飛軍最近的表現很糟，正因爲如此，我才想讓他出去學習避避風頭的。他不在的這段時間，海川關於他的一些議論就會沉寂下來。拜託您了，幫我安排一下吧。」

白部長看了孫守義一眼，心想孫守義用人失誤，何飛軍鬧的這些事，孫守義也跟著受了不少牽連，這時候他專程跑來拜託他將何飛軍打發去北京學習，可能也是感受到這種壓力吧。

衝著孫守義的岳父，白部長也不得不幫這個忙，就笑笑說：「不要說拜託這麼嚴重，這也不是什麼大事，我把他安排進去就是了。」

孫守義見目的達到了，高興地說：「謝謝了，白部長。」

白部長笑說：「跟我就不用客氣了，誒，守義同志，跟你說一聲啊，胡俊森同志已經被確定爲海川市的副市長了，接替李天良的位置，這幾天任命就會公佈，你要有個心理準備啊。」

「這早就是意料中的事了，要有什麼心理準備啊，服從組織安排就是了。」孫守義笑了笑說：「誒，白部長，您覺得這個胡俊森怎麼樣啊？」

白部長評價說：「這個人還不錯，只是身上多少有點傲氣，有點不太把別人看在眼中的樣子。不過，人家確實有傲氣的本錢，誰能幫我們東海省從股市上拿回幾億資金的話，也可以像胡俊森一樣傲氣的。」

孫守義聽了說：「看來省委對他的評價很高啊。」

白部長笑笑說：「你沒明白我的意思，評價高是一部分，另一方面，這對你和海川市政府可是件大好的事啊，胡俊森加入你們市政府，你們的力量就增強了不少啊。」

孫守義說：「這倒是，他是融資方面的長才，加入海川市政府，我們就能借助他這方面的長才，強化海川市融資方面的能力了。現在海川市財政正是缺錢花的時候，估計他來了，會改善不少的。」

白部長開玩笑說：「看來你們早就在他身上打起主意來了。」

孫守義笑笑說：「那是自然，不過白部長，他在您面前都那麼傲氣，可見這傢伙不是普通的驕傲啊，我就怕到時不好領導啊。」

組織部的官員向來是見官大一級，很多官員見了組織部的人都得低聲下氣的，這也養成組織部官員一種盛氣凌人的態勢。胡俊森居然在白部長這個組織部的領導面前都敢展現出倨傲的一面，可見不是普通的傲慢。這難免讓孫守義心有顧忌，他可不想來一個不服管理的傢伙做副市長。

白部長卻說：「守義同志，這是你多慮了。就我這幾十年的工作經驗來看，這種傲氣的同志反而是最好領導的。你多尊重他一些，不要跟他太計較，讓他在工作中感覺到有尊嚴，他就會視你爲知己，盡心盡力幹好工作了。尊重人你會吧？」

孫守義笑說：「這個沒什麼難度，我這個人對事對人，都是很尊重別人的。」

白部長說：「那就沒問題啦。另外，這種傲氣的人還有一個好處，就是他通常不屑於跟你玩什麼小伎倆，因爲那樣他會覺得自己很沒格調。」

孫守義不禁笑說：「說穿了，就是死要面子罷了。」

白部長笑笑說：「你不覺得這在官場上是很難能可貴的嗎？這比那些低頭順耳卻偷著給你使壞的人，不知道要好多少倍呢。」

的確如此，古往今來，中國官場上的官員們都是表面和氣，暗地裏卻是捅刀子、使絆子樣樣都來，為達升遷目的不擇手段，這種傲慢有骨氣的人並不多見。至少這種人不會像何飛軍夫妻那樣背地找人跟蹤他，想要找到他的把柄對付他。

孫守義暗自決定胡俊森到任海川後，他先儘量捧著胡俊森再說。

「受教了白部長，您這麼說，我就知道該如何去跟胡俊森打交道了。」孫守義感激地說。

白部長說：「你知道就好，我想你可以放手讓他去做，出了成績肯定少不了你這個市長一份的。」

三天後，胡俊森的任命正式公佈，白部長親自送胡俊森來海川上任。胡俊森文質彬彬，頗有幾分書生氣息，不過他的頭習慣略微後傾，加上個子也高，看人就難免有幾分居高臨下的架勢。

金達和孫守義都對胡俊森表示了熱烈的歡迎，孫守義更是在跟胡俊森握手的時候，一再強調久聞胡俊森在融資市場上的豐功偉績，表示對他到海川市任職期盼已久。胡俊森聽到孫守義這麼說，果然頗爲自得，很有信心的表示說一定會讓海川市的財政更上一層樓。

孫守義看他這個姿態，心中暗自好笑，難怪白部長說他傲氣，果然是一副捨我其誰，不把別人放在眼中的架勢。

這可能也與胡俊森沒有在政府工作過的緣故，他還不懂得政府部門運作的複雜性，把他原來在投資公司的那一套拿了過來。但是政府的運作和投資公司的運作顯然是不同的，恐怕胡俊森會因此吃點苦頭。

作爲過來人，他知道那並不是件容易的事。孫守義剛到海川時也是信心滿滿，以爲自己很快就會有一番作爲，但在殘酷的事實面前，他卻不得不一再妥協，最終銳氣盡失，跟各方勢力妥協後，才有今天這個局面。

白部長在吃過午飯後就回齊州了，胡俊森去自己的辦公室熟悉環境去了。金達把孫守義叫去了他的辦公室。問孫守義說：「老孫，你怎麼看我們這位胡副市長啊？」

孫守義笑笑說：「很不錯啊，挺有銳氣的一個人。」

孫守義用銳氣而非傲氣來形容胡俊森，是因爲銳氣是一個褒義詞，而傲氣則是貶義詞，他想給胡俊森一個好的評價，這樣將來傳到胡俊森耳裏，就不會引起胡俊森的反感。

對付傲慢的人，這些小細節更必須要注意，不能讓他有任何不受尊重的感覺。孫守義既然打定主意要用好這個人，不得不多加注意說話的用詞。

金達聽了笑說：「是很有銳氣啊，看來我們海川的財政會有所作為了。誒，你打算讓他接管李天良的業務嗎？這可有點屈才啊。」

孫守義不想告訴金達他跟白部長商量好，讓何飛軍去中央黨校學習的事，就笑了笑說：「這個嘛，是有點屈才，不過市長的分工剛調整不久，一時之間也不好再重新做調整，所以我想先讓胡副市長先接手李天良的工作，熟悉熟悉情況再說。」

金達同意說：「也好，現在海川的局面還是應該以穩定為主，也不適合做大的調整。」

北京，駐京辦，傅華辦公室。

傅華再一次撥了喬玉甄的電話，心中有一絲期待，希望喬玉甄這一次也只是生病，並不是真的被抓了。但是結果還是令他十分失望，喬玉甄的手機依舊是關機狀態。

這幾天，傅華一直在關注各個媒體，看看有沒有與賈昊、喬玉甄有關的消息被爆出來，但是並沒有發現什麼。賈昊被雙規的事也在喧囂一段時間後沉寂下來，媒體上出現的都是被炒作過的消息，並無新的消息傳出。

倒是巴東煌在新聞上露面了，鏡頭裏的巴東煌面色紅潤，神采飛揚，講話時顧盼自雄，絲毫看不出那天的那種畏縮的樣子。

看到巴東煌沒事，傅華只好暗自祈禱喬玉甄也會沒事的。

海川，金達辦公室。

金達把一份讓何飛軍去黨校參加幹部進修的通知書拿給孫守義，不滿的說：「省裏是在幹什麼啊，怎麼會把何飛軍派去中央黨校學習啊？」

金達覺得這種去黨校學習的機會應該給一些更爲優秀的同志，而非給一個因爲婚姻狀況在海川市鬧得人盡皆知的傢伙，因此很不能理解省委爲什麼會突然讓何飛軍去黨校進修。

孫守義自然清楚這是怎麼一回事，便不在意地笑笑說：「誰知道啊，省裏可能有省裏的想法吧。」

金達看孫守義一點都不驚訝的樣子，懷疑地說：「老孫，你是不是知道點什麼啊？」

孫守義趕緊搖搖頭說：「這是省裏的安排，我能知道什麼啊？不過這樣也好，讓何飛軍去接受一下再教育，知道一下他這個副市長應該怎麼做才是對的。」

金達冷笑一聲說：「就他那個德行，去了也是白搭，改不好的。老孫，你把這份通知拿給他吧。」

孫守義說：「金書記，您不用跟他談談嗎？」

金達嫌惡地說：「我懶得看他，你就跟他說，讓他在黨校學習的時候老實點，別鬧出事來丟我們海川市的人。」

孫守義答應了說：「行，我會轉告他的。」

孫守義就拿著通知書回了市政府，打電話給何飛軍，讓何飛軍過來見他。

過了一會兒，何飛軍來了，問道：「市長，您找我什麼事啊？」

孫守義笑笑說：「是好事啊，老何，省委組織部決定派你去黨校參加市廳級幹部進修班。」

何飛軍怔了一下，十分意外這種好事會降臨在他身上，有些激動地說：「是真的嗎，市長？」

孫守義說：「當然是真的了，給你，這是通知書。」

何飛軍從孫守義手中接過通知書，看完，興奮地說：「還真的是啊，市長，是您幫我安排的吧？」

孫守義笑笑說：「這我可不敢貪功，我也是剛才從金達書記手中拿到通知書後才知道這件事的。這應該是省委組織部的安排。老何，恭喜你啊，你這可是進到了省委領導的視野當中了。」

何飛軍不好意思地說：「市長，看您說的，我能有今天，還不都是與您的栽培分不開的嗎？」

「可別這麼說，這不是我個人的功勞，是組織上的功勞。不過，你也不要光顧著高興，黨校的學習課程並不是那麼好通過的，你要有艱苦學習的心理準備，我可不想看到你丟我們海川市政府的人。」孫守義提醒說。

何飛軍立即發誓說：「這事關我今後的前程，再怎麼樣辛苦，我也要把課程學好的。」

孫守義心裏暗自好笑，這還真是事關你的前程，只不過並不能讓你的前程變好，而是走衰罷了。嘴上卻說：「行，你能這麼想就好。還有啊，金達書記讓我轉告你，在北京學習期間，要老實一點，不要鬧出什麼事情來。」

何飛軍埋怨說：「金達書記就是對我有成見，我去北京能鬧出什麼事情來啊？真不知道他是怎麼想的。」

孫守義心說：你自己做事不受人待見，怪金達幹什麼！別說金達對你不滿，我對你都一肚子意見呢。

他假意地說：「金書記也是好心，北京可不比海川市，一點小事都會影響巨大，如果真有什麼事發生，恐怕省裏都保不了你，所以你還是小心一點爲妙。」

何飛軍再次保證說：「市長，您放心好了，去北京後，我會夾著尾巴做人的。」

孫守義點點頭說：「希望你說到做到了。」

何飛軍又說：「誒，市長，那我手頭的工作怎麼辦啊？」

孫守義看何飛軍自動走進圈套裏，便笑笑說：「工作好辦，回頭開個常務會議，把你手中分管的部門分給其他幾位市領導負責，到時候你把手頭的工作交接一下。所以你不用擔心，做好去北京學習的準備就行了。」

何飛軍絲毫沒有覺得這裏面有什麼不對勁的地方，便點了點頭說：「那就一切聽從您的安排。」

於是孫守義主持召開了市政府的常務會議，在會議上，孫守義宣布說：「有件事情要跟大家報告，老何被省委組織部安排去中央黨校參加市廳級幹部進修班，爲期半年。」

曲志霞、胡俊森等人聽了，紛紛向何飛軍表示了祝賀。何飛軍滿面紅光的向眾人表示了感謝。

孫守義接著說道：「現在有一個問題，老何去北京學習半年，他手頭分管的工作就需要其他的同志多分擔一點了。俊森同志，你學識淵博，能力出眾，所謂能者多勞，這次要挑重一點的擔子啊。」於是孫守義便提出把何飛軍分管的業務交給胡俊森。

胡俊森聽孫守義誇他學識淵博，能力出眾，不免就有些暈乎，爽快的說：「沒問題的市長，我一定會處理好這些工作。」

孫守義這麼處理十分合理，其他副市長手頭分管的工作都很繁重，胡俊森的工作是最輕鬆的，把何飛軍分管的部分轉移給胡俊森去管理，合情合理，沒有人覺得奇怪。於是孫守義就這麼兵不血刃的把何飛軍分管的工作轉移給了胡俊森。

而何飛軍完全沒有察覺到有什麼異常，還樂呵呵的覺得孫守義這麼處理很恰當，一心等著六個月學習完要往上升遷呢。

解決了心頭大患，孫守義心中一陣輕鬆，短時間內，他無需再爲何飛軍這個傢伙擔心什麼了。

不過，孫守義對何飛軍越來越不放心了，何飛軍要在北京待上半年，這段期間何飛軍會不會做出什麼出格的行爲，孫守義還真是一點把握都沒有，孫守義覺得應該打個電話給傅華，囑咐他看緊一點何飛軍才是。

孫守義便打給傅華，說：「傅華，你知道何飛軍副市長要去中央黨校學習的事嗎？」

傅華說：「知道了，市政府已經通知駐京辦了，您放心，我們駐京辦一定會照顧好何副市長在北京的生活的。」

傅華以爲何飛軍是孫守義的人馬，所以特地打電話來，是招呼他要好好照顧何飛軍的。

孫守義知道傅華誤會了他的意思，便說：「傅華，照顧好何副市長的生活只是其中一方面，另一方面，你要幫我看緊一點，可別讓他在北京鬧出什麼亂子。」

傅華怔了一下，沒想到孫守義打電話來的用意是這樣。不過這也在情理之中，何飛軍最近可是一個轟動的人物，鬧出了不少新聞，孫守義擔心何飛軍在北京惹出什麼事端來也很正常。

傅華回說：「市長，您這不是跟我開玩笑嗎？我一個下屬，要怎麼去看著上級領導啊？我可管不了人家的。」

駐京辦主任當然沒有副市長的級別高，孫守義說：「我沒讓你管他，只要你盯緊一點他，有什麼不好的事情趕緊跟我彙報，到時候我來管他。」

傅華知道中央黨校對學員管理很嚴格，平常也只有週六週末學員才可以離開黨校，孫守義讓他盯緊何飛軍倒不是什麼難事，便說：「行，這我可以做得到。」

通完電話，這時有人在外面敲門，傅華喊了聲進來，兩名神態嚴肅的陌生男人走了進來。

傅華愣了一下，說：「請問兩位是？」

爲首的那名男人說：「你好，你是海川市駐京辦的主任傅華同志吧？」

傅華點點頭說：「是的，我認識你們嗎？」

爲首的男人笑笑說：「我是中紀委監察局的，我姓張，張善全，這位是我的同事李啓芳。」

傅華臉上的笑容就有點僵，雖然他沒有做什麼違規違紀的事，但是中紀委監察局的人找上門來可不是什麼好事，中紀委的人身上好像生來就帶有煞氣一樣，看著就讓人緊張。

傅華猜這兩個人可能是因爲賈昊的事情來的，乾笑了一下說：「請問兩位找我有什麼事嗎？」

張善全說：「傅主任不要緊張，我們來是有些事要向你瞭解一下而已。」

傅華不禁說：「看到你們紀委的人很難不緊張啊。」

李啓芳笑了，說：「爲什麼緊張，你不會是做了什麼違法亂紀的事情吧？」

傅華趕忙否認說：「那可沒有，不過你們紀委的人太嚴肅，看著就讓人害怕，兩位請坐吧。」

張善全和李啓芳就坐到傅華的對面，傅華給他們倒上茶，然後問道：「兩位想瞭解什麼情況啊？」

張善全說：「傅主任應該知道聯合銀行的賈昊同志被雙規的事吧？」

傅華點了點頭，說：「我知道，當時我就在現場。」

張善全說：「我們今天就是想瞭解一下賈昊的情況，希望你能如實回答。」

張善全就按法律程序向傅華陳述了必須的規章，傅華點點頭說：「我知道相關的規定，我會如實回答你們的提問的。」

張善全和李啓芳就開始詢問傅華有關賈昊參與的事務，包括天和房產上市、海川重機的重組以及賈昊和煤老闆于立間的往來。傅華不敢有所欺瞞，把自己知道的一一如實的作了回答。

張善全和李啓芳聽得很仔細，不時提出疑問，搞得傅華精神大爲緊張，後背都冒出了冷汗。

傅華注意到，張善全和李啓芳問的很有技巧，都是圍繞著賈昊和于立個人的事，對兩人透過巴東煌勾兌東海省那件案子的事並未提及。也沒有隻字片語涉及到喬玉甄。其實傅華很想從他們的詢問當中知道喬玉甄的近況。

詢問一直持續了兩個多小時，傅華被搞得精疲力竭，不禁期待這兩傢伙趕緊結束這場熬人的詢問。李啓芳和張善全似乎也感受到了傅華的不耐煩，詢問終於停頓下來。張善全翻看著前面的筆錄，檢查是否還有什麼問題被遺漏了。

傅華心想總算要結束了，心情有點放鬆下來，拿起杯子喝了口茶。

這時，張善全突然抬起頭來看著傅華，說：「傅主任認識呂鑫嗎？」

傅華不禁愣了一下，奇怪呂鑫也會牽涉到賈昊案當中來，這是怎麼回事啊？不過他認識呂鑫是事實，不容否認，便說：「我認識他。」

李啓芳說：「那你能告訴我們，你是怎麼認識他的嗎？」

傅華考慮了一番，斟詞酌句地說：「我是因爲已故的山祥礦業董事長伍弈的關係，才認識呂鑫的，當時……」

作爲一名幹部上賭船上玩，頂多是違紀的行爲，如果隱瞞不承認，可能就會給人造成一種做賊心虛的感覺。傅華不知道張善全和李啓芳究竟掌握多少呂鑫的事，所以老實的承認了自己上賭船玩的事。

聽完傅華的講述，李啓芳問：「那你再跟他沒有打過交道了嗎？」

傅華說：「有的，因爲海川舊城改造項目的承建方找到呂鑫尋求投資，我們就又在北京碰面了。」

傅華就又講了他跟呂鑫在北京發生的那些事情。

傅華心中納悶，爲什麼張善全和李啓芳會問呂鑫的事，難道說呂鑫也被盯上了？

張善全和李啓芳對看了一眼，張善全說：「關於呂鑫的情況，你知道的就這麼多嗎？」

傅華點點頭說：「是的，我就知道這麼多。」

「那行，我們今天的詢問就到此爲止，」張善全說：「有什麼不清楚的地方，我們會再來向你瞭解的，就這樣吧。」

張善全戛然而止，反而把傅華弄得一愣一愣的，他不明白這倆人究竟是爲什麼要問呂鑫的事情。不過不管怎麼說，總算是結束了，他也可以鬆口氣了。

送走張善全和李啓芳，傅華再回到辦公室坐下，就覺得後背涼颼颼的，中紀委監察室的人果然厲害，就這麼一會兒就讓他的後背濕漉漉的了，這還是沒做什麼違法亂紀事情的前提下呢。

然而傅華也不是全無保留的，為了避免麻煩，他並沒有提到有人告訴他呂鑫洗錢的事，這讓傅華心中有些忐忑不安，不知道這對他來說是福還是禍。

正在傅華心中悽惶的時候，他的手機響了起來，看看號碼，居然是喬玉甄的，心中不免又驚又喜，趕忙接通了電話，說：「誒，你怎麼回事啊，這幾天為什麼會一直關機？你可別告訴我這次你又病了。」

喬玉甄笑說：「這次不是病了，是有人叫我避避風頭，所以我就關機了。」

傅華說：「那你現在開機是不是就代表沒事了？」

喬玉甄說：「是的，一位朋友出手幫我擋了災，我沒事了。」

傅華鬆了口氣，說：「你沒事就好，我被你嚇死了，還以為你真的被帶走了呢。」

喬玉甄說：「謝謝你傅華，我看你給我打了不少電話，在這種情況下你還敢打電話給我，讓我感到心裏很溫暖，說明你還是關心我的嘛。」

傅華笑笑說：「我們是朋友嘛，你那天在我面前那麼傷感，轉天電話就打不通了，換了誰都會擔心的。」

喬玉甄笑說：「只是朋友這麼簡單嗎？」

傅華回說：「你還要多複雜啊？就只是朋友這麼簡單。」

喬玉甄聽了說：「好吧，就朋友這麼簡單也好。誒，中午出來一起吃個飯吧，這幾天待在家裏，真是悶死我了。」

傅華也很想見見喬玉甄，想從喬玉甄那裏瞭解一些情況，特別是中紀委監察局的人爲什麼會問他關於呂鑫的問題，便說：「好啊，你說地方吧。」

兩人就選了一家清靜的小館，要了一個雅間，坐定後，喬玉甄看著滿眼困惑的傅華說：「不要問我究竟是怎麼回事，我好不容易脫身，不想再去想這些事情了。」

這句話把傅華滿肚子的問題都給堵了回去，他看了眼喬玉甄，喬玉甄眼神中有一絲的疲憊，他知道喬玉甄這些日子肯定是在煎熬中度過的，再去逼問她，只會徒惹她傷心而已，便笑笑說：「好，不問就不問，點菜，我們喝酒。」

喬玉甄就點了菜，然後叫了一瓶二鍋頭。

喬玉甄平時都是喝葡萄酒的，今天怎麼改成喝辛辣的二鍋頭了？

喬玉甄看傅華詫異地看著她，笑說：「別用那種眼神看我，我今天想喝點帶勁的，不行啊？」

傅華不禁失笑說：「行啊，要喝什麼還不是你說了算。」

菜上來，喬玉甄讓服務員拿兩個喝啤酒的大杯子，將二鍋頭一分爲二，將其中一杯遞給傅華，說：「我也不想喝多，我們一人一半。來，我們碰一個。」

傅華就和喬玉甄碰了一下杯，喬玉甄喝了一大口，然後叫了聲痛快。傅華看她的樣子一點都沒覺得辣口，顯然喬玉甄以前喝過二鍋頭。

傅華笑說：「小喬，看你喝二鍋頭的樣子，真像北京人，根本就不像香港來的。」

喬玉甄解釋說：「我是香港人不假，但是這幾年為了談生意，跑了內地很多地方，你也知道北方人喝起酒來像不要命似的，你不喝，他會覺得你看不起他，為了賺錢，我喝了不少的白酒。二鍋頭度數還是低的，你知道嗎，我還喝過一種七十二度的酒呢。」

傅華聽了，忍不住感嘆說：「想不到你的經歷這麼豐富啊。」

喬玉甄無所謂地說：「沒辦法，要賺錢嘛，早期我是哪裡有錢賺就往哪裡跑，人生的第一桶金是最難賺的，辛苦也就辛苦在這一時期。等後來錢賺錢的時候，賺錢就相對容易多了。」

傅華看了眼喬玉甄，很想問喬玉甄是怎麼走上以錢賺錢的道路的，但是估計這個女人不會跟他說出實情，就強壓著好奇心沒有問。

喬玉甄這時說：「誒，我都忘了問你，曲志霞複試的結果怎麼樣了？」

「應該不錯吧，」喬玉甄很在乎傅華對曲志霞的態度，傅華在談論曲志霞時，言辭就不得不謹慎些，說：「曲志霞走的時候面帶喜悅，想來是考得很順利吧。」

喬玉甄說：「她跟我一樣，是知道自己想要什麼的女人，想來也不會不順利了。來，別光說話，喝酒。」

喬玉甄說著，就拿起酒杯再跟傅華的杯子碰了一下，又喝了一大口酒。這兩口酒大概就喝了杯中的大半，二鍋頭這種高度白酒可不比那些低度白酒，喝個半斤可能就會醉倒的。喬玉甄大約已經喝了三兩了，臉上就有了紅暈，笑笑說：

「好久沒這麼喝酒了，真是痛快。現在想想，人就應該盡興而爲，又要擔心這個又要擔心那個的，真是沒勁，不如豁出去，才能獲得解脫。」

說到這裏，喬玉甄看了傅華一眼，吐了下舌頭說：「誒，我可不是在說你啊，是我自己心有感觸而已。」

傅華笑了起來，說：「我也沒覺得你在說我啊，我這人做事是有點刻板，但是並沒有擔心這個擔心那個的啊。」

「你沒有嗎？」

喬玉甄說著，伸手去握住了傅華放在桌上的手，輕輕地撫摸了一下。

第五章

退隱江湖

傅華可以感覺得到這次差點出事把喬玉甄打擊得不輕，
才會動了想跟他一起退隱江湖的念頭，
但是他雖然對喬玉甄不無好感，卻還沒有到超過他愛鄭莉的程度。
並且，他也不願意過那種花女人錢的生活。

傅華愣了一下，趕忙想要把手掙脫出來，沒想到喬玉甄不但沒有放手，反而抓得更緊了。

傅華看了喬玉甄一眼，說：「小喬，你這算怎麼回事啊？」

喬玉甄嫣然一笑，說：「我算怎麼回事你不知道嗎？我握握你的手而已，你掙脫什麼啊？你不是說你不會擔心這個擔心那個的嗎？」

美人帶醉的笑容格外有風韻，傅華看在眼中，心裏難免蕩漾了一下，他趕忙收斂了自己的心情。他清楚即使他真的爲喬玉甄感到心動，也不能放任自己沉醉下去，他不能對不起鄭莉。

傅華伸出另一隻手將喬玉甄的手拿開了，然後說：「我不擔心這個不擔心那個，並不代表我可以任意妄爲。」

喬玉甄忍不住說：「你真是夠虛僞的，明明心裏想著我，偏偏不敢承認。傅華，我現在擁有的財富夠我們一起過幾輩子了，跟我去香港吧。經過這次的事情，我不想再這麼折騰下去了，我厭倦了，想找個人陪我過平靜的生活。」

傅華可以感覺得到這次差點出事把喬玉甄打擊得不輕，才會動了想跟他一起退隱江湖的念頭，但是他雖然對喬玉甄不無好感，卻還沒有到超過他愛鄭莉的程度。並且，他也不願意過那種花女人錢的生活。

於是傅華搖搖頭說：「小喬，有些事是不是你想的那麼容易，更不是你想要怎麼樣就能怎麼樣的，我很喜歡我過的這種生活，並沒有改變現狀的打算。不過，我倒是建議你回香港生活一段時間，我感覺你需要調適一下自己。」

喬玉甄感傷地看著傅華說：「你知不知道你很壞，既然不想跟我在一起，就不要對我這麼好啊。」

也不知道是心情的關係，還是酒的問題，飯還沒吃完，喬玉甄就醉了，她咧著嘴，傻笑著喃喃說著醉話。

傅華說：「好了，我送你回去吧。」

喬玉甄故意挑釁說：「你敢嗎？不怕被我吃了？」

傅華笑笑說：「如果你能把我吃了，那你就是妖怪了。好了，你把車放著吧，我送你回家。」

傅華就開車送喬玉甄回家，把喬玉甄送到臥室的床上躺下，然後說：「你睡一會兒吧，我走了。」

喬玉甄醉眼朦朧的說：「雖然我很想留你下來，但是我更願意在清醒的時候面對你，你走吧。」

傅華笑著搖了搖頭，說：「好了，你休息吧，我走了。」

傅華說著就往外走，喬玉甄在後面說道：「傅華，最近有時間多陪我吃吃飯吧，我心裏真的很孤單，很害怕。這個不難吧？」

傅華笑笑說：「這個可以，不過，你可要買單啊。」

喬玉甄笑了起來，說：「那就一言爲定了。」

傅華開車回駐京辦的路上，不禁回想起喬玉甄剛才的行爲舉止，看來這次喬玉甄雖然躲過一劫，卻很可能跟身後那些強勢人物鬧僵了，甚至她可能爲了度過危機，用了一些威脅的手段，這大概就是她所謂的豁出去了。

但這樣做的負面效應也可想而知，她感到孤單害怕估計就是因此而來的，畢竟那些強勢人物隨便拿出一個都能令人心生畏懼，豈能甘心被他人威脅?!

另一方面，中紀委監察局的人提到呂鑫，也傳遞出一個令人擔心的信號。這次的案子八成是牽涉到了呂鑫。

呂鑫是香港黑道出身，遊走於黑白兩道，這種人惹上了就是一個麻煩；喬玉甄跟他關係似乎很密切，不知道喬玉甄的豁出去了，會不會也有呂鑫的成分？

這些黑道人物其實是雙刃劍，用他們處理事情，會很高效快捷，起到白道力量無法起到的作用；但是相對的，如果你不能滿足他的要求，很可能就會被反噬，傷害到自己。希望喬玉甄能夠真的平安度過這次的危機。

傅華在海川大廈門口停好車，打開車門下了車，迎面一陣風吹來，本來沒覺得喝多的他，胃裏一陣噁心，腳步就有些不穩，扶著車子才站穩了身子，心說這二鍋頭果然厲害，酒量不錯的自己居然有點醉意了。

這時，身後一陣轟鳴聲，酒醉的人似乎聽不得這麼大的雜訊，讓傅華的胃裏又是一陣噁心。

隨即身邊刮過一陣風，一輛拉風的哈雷重機停在傅華的車子旁邊，騎車的是個穿著皮衣皮褲、帶著頭盔的人。

傅華在時尚雜誌上看過這種叫做「幽靈騎士」的摩托車，這輛車價值不菲，據說市價高達七十萬，相當於一輛中級豪華轎車的價格。現在看到真車，傅華第一個感覺就是很酷，能玩這種重機的人，不但要有錢，感覺性格也很跩。

傅華雖然喜歡這種車，但顯然不是他的菜，他是低調不愛張揚的人，不喜歡成爲人們矚目的焦點。加上這種重機都很重，玩這種車的人也需要一個強悍的體格，不然車子倒下時，扶都扶不起來。

重機停穩後，騎士下了車，拿掉頭盔，是個一頭黑色短髮的年輕人，前額很時髦染了三綹白髮，看到傅華在看他，年輕人眼睛一瞪，說：「你個醉鬼看什麼看啊，沒見過哈雷啊。」

果然脾氣很衝，傅華笑著搖了搖頭，然後轉頭不再去看那個年輕人了。

年輕人走進海川大廈，傅華壓了壓心中的噁心，確信沒什麼問題了，才走進大廈。

在大廳裏，傅華看到那個年輕人正四下看著，便沒去理會他，徑直走進電梯，按了自己的樓層號，回到駐京辦的辦公室。

進辦公室後，傅華趕忙為自己沖了杯龍井，想要儘快解掉酒意。

正喝著茶時，門敲了幾下，章鳳走了進來，說：「姐夫你在啊。」

傅華笑說：「什麼事啊，章鳳？」

章鳳說：「有位朋友想來看看海川大廈，你見見吧。」

傅華喝了酒，腦袋就有些遲鈍，一時沒想起來趙凱要出售海川大廈股份的事，問說：「海川大廈有什麼好看的？」

章鳳失笑說：「姐夫，你忘了通匯集團要出售海川大廈股份的事啦？」

傅華這才猛拍了下腦袋，笑說：「哦，我忘了這事了。是什麼人啊？」

這時傅華注意到章鳳身後跟著的那個人，就是那個騎哈雷的年輕人，不由得一愣，沒想到來看海川大廈的，居然是這個人。

通匯集團占的股份市值大約在一到三億之間，這個年輕人要買的話，身價至少也要有這個數。傅華不由得大爲感嘆，真是英雄出少年啊。

傅華趕忙站起來，從辦公桌後走出來，伸手說：「你好，歡迎來參觀。」

年輕人很蔑視的瞟了傅華一眼，並沒有伸手去跟傅華握手，反而不屑的說：「原來是你啊，你們海川駐京辦是政府機關吧？你們這些官員注意點形象好不好，喝得醉醺醺的還來上什麼班啊？真是糟糕透了。」

傅華被說得臉一陣紅，他沒想到這個年輕人說話這麼不客氣，不過，現在時下的年輕人似乎有禮貌的也不多，他很尷尬的說：「不好意思啊，你事先沒有預約，我不知道你要來。」

章鳳也在一旁幫傅華解釋說：「高原，你不要這麼說姐夫，他在駐京辦的角色就是迎來送往，喝酒也算是他的工作。」

傅華這才知道這個年輕人叫做高原，不知道這傢伙的身分是什麼，不過看態度似乎是來歷非凡，就笑笑說：「高先生先請坐吧，有什麼事情我們坐下來聊。」

沒想到這個年輕人眼睛一瞪，不滿地衝著傅華嚷道：「看來你真是喝多了，眼睛也不好使了。」

傅華愣了一下，說：「我說錯了什麼嗎？」

章鳳拉了一下傅華的袖子，小聲說道：「姐夫，你看錯了，高原不是先生，而是小姐。」

「女的？」

傅華驚叫了一聲，眼前這個年輕人渾身透著強悍的風格，看上去比男人還像男人，這真是讓傅華差點跌破了眼鏡。

高原顯然對傅華這種反應很是不滿，叫說：「喂，你多大年紀了，怎麼還大呼小叫的，一點都不穩重。」

傅華也意識到自己的反應有點不太禮貌，道歉道：「對不起啊，我今天可能真是有點喝多了。」

高原皺了一下鼻子，鄙夷的說道：「你知道就好，身上這麼大的酒味，熏死人了。」

高原皺鼻子的樣子才讓傅華多少感覺到她身上還有點女人的氣質，再細看高原的皮膚，雖然是古銅色，但是肌膚細膩，與男人粗糙的皮膚還是有不少的差別，看來她是戶外運動做得多了一點，皮膚曬得比較黑罷了。

傅華就對章鳳說：「章鳳，我今天可能真有點不適合接待高小姐，反正你對海川大廈也很熟悉，你帶她去看一看，她有什麼需要瞭解的，你跟她講，真有什麼情況需要跟我談的，改明天吧。」

高原聽了，不滿地瞅了傅華一眼，冷哼道：「德性！」

傅華對這個女人的態度實在很反感，他已經盡力的去尊重她了，結果還是招致她對他的不滿，心裏不禁暗自搖頭，這種女人真是怪胎，估計是被富裕的環境給慣出來的，對別人毫無尊重可言。

傅華強壓下一肚子的火，用眼神示意章鳳趕緊帶這傢伙離開。

章鳳看出氣氛不是很好，便順勢說：「行，姐夫，那我就帶高原四處轉轉再說吧。」就帶著高原離開了傅華的辦公室。

傅華不禁大嘆：自己今天真不知道走了什麼霉運了，自從見到高原的那一刻起，高原就對他一副鄙視的樣子，也不知道自己跟她是不是八字不和，才會一見面就跟仇家似的。

過了半個多小時後，章鳳再次出現在傅華的辦公室，傅華問：「那女人走了？」

章鳳不禁好笑說：「是的。姐夫啊，我還是第一次看你在女人面前這麼吃癟，真是笑死我了。」

傅華也笑了，說：「誒，你確定她是女人嗎？我怎麼覺得她身上的雄性激素比我還多啊！你知道她是怎麼來海川大廈的嗎？她是騎著哈雷來的。那種車一般男人都玩不動的。」

章鳳笑說：「我看過她的車，我也很佩服她能玩這種重機，你不覺得她很酷嗎？」

傅華嘲諷說：「是很酷，酷到都不像女人了。誒，你從哪兒挖出來這麼一個寶貝啊，我怎麼從沒聽說北京還有這號人物啊？」

北京是天子腳下，三教九流，什麼人物都有，只要有點新潮或時尚的人物，立即會傳遍大街小巷，成爲人們八卦的談資，好比什麼四大公子、五大名媛之類的，像高原這種風格怪異、個性高調的人物，絕不可能籍籍無名。

章鳳笑說：「高原是剛從美國回來的，之前一直在美國讀書。她直來直去的性格就是在美國養成的，那輛哈雷也是從美國帶回來的。」

傅華恍然大悟說：「難怪打扮的那麼不男不女的。」

章鳳說：「怎麼，你接受不了她的風格嗎？」

傅華說：「是有點，我的圈子裏很少有這種人。不過，她愛怎麼打扮是她的自由，我接不接受得了無所謂，只要她有意願購買海川大廈的股份，我會盡力配合她，促成交易的。對了，她究竟什麼來歷啊？竟有實力收購通滙集團的股份？」

章鳳笑笑說：「她是和穹集團的二小姐，你說她有沒有這個實力啊？」

傅華不禁倒抽了一口涼氣，和穹集團是新近竄起的一家民營企業，旗下業務包括礦業、物流、地產、金融證券……多個領域，董事長高穹和在最新一期的富比士財富排行榜上，名列亞洲富豪第二十七位，大陸富豪第二位。

也有人說這個排行並不準確，高穹和實際上擁有的財富應該是大陸富豪首位才對。

這個高穹和也是一個跟政界關係很密切的人物，跟很多高層人物關係都很好，他也是全國人大代表，經常出現在一些報刊雜誌的封面上，算是遊走於政商兩界的風雲人物。

傅華忍不住說：「她是高穹和的女兒？高穹和那種風格的人，怎麼會養出這樣的女兒來啊？」

在大眾的眼中，高穹和是個很儒雅的人，雖然擁有巨額財富，作風卻很低調。高穹和還有一個女兒，任職和穹集團的總經理，行事風格頗有乃父之風。

傅華實在很難將高原與高穹和聯繫起來，因爲他們的風格截然不同，給人一種很不搭調的感覺。

章鳳笑說：「龍生九子，子子不同，高原在美國長大，接受的是美式教育，發展成現在的模樣也沒什麼不正常啊。美國本來就是那種鼓勵個性自由發展的國家。」

傅華又說：「反正我總有一種滑稽的感覺。誒，她怎麼會對海川大廈感興趣啊？和穹集團的業務似乎跟我們海川大廈並無什麼交集。」

章鳳說：「具體原因我也不是很清楚，高穹和跟我伯父關係不錯，是他把高原介紹來的。」

傅華不禁問道：「和穹集團的根據地不是在北方嗎？怎麼會跟你們章家關係這麼好？」

傅華的意思是，章家根基在南方，似乎與和穹集團並不搭界。

章鳳說：「據說和穹集團這些年爲了擴張生意版圖，有南下之意，高穹和與我伯父交好，也有借助我們章家在南方影響力的企圖。你準備準備吧，我看高二小姐似乎對海川大廈頗感興趣，明天估計會來跟你正式見面的。」

傅華故作害怕的樣子說：「她還來啊？我可是真有點怕她了。」

章鳳笑說：「其實她人挺好的，就是個性直了點。」

傅華抱怨說：「不僅個性直，嘴還很臭，你看，就那麼會兒時間，她又是嫌我喝酒，又是說我不注意官員形象的，讓我恨不得找個地縫鑽進去。」

章鳳笑笑說：「你的確是喝多了嘛，你不能怪她，誰見了一個醉漢會高興啊？你喝多了就該回家睡覺的。」

傅華氣說：「她不約而來這能怪我嗎？好了，我看你跟她是一個鼻孔出氣了。」

說到這裏，傅華心中忽然有所警惕，章鳳帶高原過來，是不是表示章家對海川大廈有所動作呢？如果趙凱將手中的股份都賣給高原，這樣順達酒店和高原兩方手中掌握的股份就達到了百分之六十，這麼高的控股率便擁有了許多人事決定權，包括換掉他這個海川大廈的董事長。

雖然傅華並不在意海川大廈董事長這個職位，但是失去這個位置，海川市政府對海川大廈的控制力就會減弱很多，傅華跟海川市政府會很難交代的，因此高原的出現對海川駐京辦來說，並不是一個好兆頭。

傅華就看了看章鳳，說：「章鳳啊，你們章家對這件事是怎麼看的？」

章鳳是個很精明的人，一下就猜到了傅華在擔心什麼，便說：「我們家族對此並不抱持什麼特別的立場，我們傾向於維持海川大廈現有的狀況。」

傅華有些擔心地說：「如果高原真的加入，海川大廈現有的狀況就會打破，到那個時候，不知道你們會支持哪一方呢？」

章鳳笑笑說：「姐夫，你不用擔心，我們章家跟高原還沒熟到超過你的程度，所以結果不言而喻了。」

傅華這才放下心中大石，說：「那就謝謝了。」

雖然章鳳這麼說等於是一種承諾，但是每一方都是會爲自身利益去考慮的，也都是靠手中的股份講話的。一旦失去了通匯集團的支持，傅華在海川大廈就無法擁有絕對的優勢了，這種感覺並不好。

目前雖然還沒有什麼改變，但他心中隱隱總有些憂慮。只是從海川市政府明確表明不會購買通匯集團股份的那一刻起，事情就進入到傅華無法掌控的狀態，他不知道海川大廈未來的命運會如何，他對此無能爲力。

第二天上班，傅華的酒已經完全醒了，這才想起來今天是何飛軍來北京的日子，趕忙調了車去機場接人。

何飛軍笑容滿面的，他的臉本來就有點圓，這一笑就更像面團團的富家翁了。傅華迎上去跟何飛軍握了握手，說：「歡迎何副市長來北京。」

何飛軍笑笑說：「小傅啊，辛苦你了，還要你專程來接我。」

雖然何飛軍與顧明麗的事在海川鬧得沸沸揚揚，但是從何飛軍的臉上幾乎看不出發生過什麼，能將一件鬧得動靜那麼大的事當做沒發生過，從這一點上，傅華發現何飛軍其實是個官場修爲頗深的人。

傅華趕忙說：「您太客氣了，這是我的工作，不辛苦的。」

兩人上了車往駐京辦趕，回到駐京辦已經將近十點鐘了，傅華幫何飛軍安排好房間，這才回到自己的辦公室。一進門就看到高原氣哼哼地坐在辦公室裏，不由得愣了一下，心說這女人怎麼來了，剛才好像沒看到她的重機啊。

傅華示好地說：「高小姐找我有事啊？」

高原瞪了傅華一眼說：「誒，我說你怎麼回事啊，怎麼這麼不守信用呢？你說讓我今天來的，怎麼自己卻跑了出去呢？還有，不要再酸溜溜的叫我小姐了，聽著渾身都不舒服。」

傅華這才想起昨天他說過的話，沒想到早上匆忙去接何飛軍，就把這事給忘了。

他看了一眼高原，真是很不能適應這個女人頤指氣使的作風，但是爲了趙凱，他不得不壓下心中對這個女人的厭惡，笑笑說：「那我要怎麼稱呼你啊？」

高原隨意的擺了一下手說：「叫我高原好了，這多簡單的事啊，還需要問嗎?!你還沒說爲什麼不守信用，在駐京辦等我呢。」

傅華解釋說：「對不起啊，我們市裏來了一位領導，我剛才去機場接他去了。」

高原質問：「那你就可以放我鴿子嗎？」

傅華心說：你也沒跟我說你今天一定會來啊?又怎麼能說我放你鴿子呢?他按捺住不悅，笑笑說：「不好意思啊，我忘記跟你約見面這件事了。咦，怎麼在下面沒看到你的幽靈騎士啊？」

高原哼了聲說：「我沒騎來你當然看不到啦!好了，我的時間很寶貴，別廢話了，我們還是聊聊海川大廈吧，有幾個問題我想跟你落實一下。」

傅華便向高原報告了海川大廈股權的組成以及收入的分配方式，高原又問了一下細節的問題，兩人正談著，何飛軍卻走了進來。

何飛軍一進門，馬上就注意到高原，順口問說：「誒，這你朋友?」

何飛軍這麼問並沒什麼特別的含義，沒想到高原眼睛一瞪，說：「你這傢伙瞎說什麼啊，誰跟他是朋友啊。」

何飛軍被弄愣了，一時之間不知道該如何反應。

傅華早已習慣了高原的說話方式，便笑笑說：「她是來談業務的，何副市長，您有事嗎？」

何飛軍說：「你給我派個車吧，我想出去轉一下。」

傅華答應說：「行，我馬上給您安排。」就幫何飛軍安排了一輛車使用，何飛軍就離開了。

高原看著傅華冷笑了一聲，說：「你去接的就是這位領導吧？你對你們領導可真夠諂媚的了，有必要這樣嗎？」

傅華聽了就有些憤怒，這個女人什麼毛病啊，怎麼處處針對他啊？有心想發火，但是轉念一想，如果發火的話，一定會被她譏笑爲沒有風度，還是不要招惹她爲妙，就語氣平靜地說：「你不是時間很寶貴嗎？我們還是來談海川大廈的事吧。」

見傅華不接招，高原也就沒什麼發作的理由了，兩人繼續討論正事。雖然高原脾氣很臭，但是不代表她對酒店業務就不熟悉，她問的幾個問題都很關鍵，讓傅華不得不謹慎應對。

詢問完，高原說：「行了，我想瞭解的都瞭解到了，就不耽誤你了，走了。」

傅華看看時間已經十一點多，如果是別人，也許他會開口留客人吃飯，但是對高原，他可是真沒有這個勇氣開口，便站了起來，說：「那慢走。」

高原也不拖泥帶水，站起來就離開了傅華的辦公室。

傅華走到窗戶前，看向下面的停車場，他很好奇今天高原是怎麼來的。這時他才注意到海川大廈門口停著一部藍寶堅尼，他感覺這輛跑車一定是高原開來的。

果然，不一會兒，高原從大廈裏走出來，上了藍寶堅尼。傅華暗自搖了搖頭，這個女人玩的都是這些超級拉風的車，還真不是普通的酷啊。

上了車的高原似乎感覺到有人在注意她，不禁抬頭往上看，看的方向正是傅華所在的辦公室窗戶。傅華趕忙從窗口後退了一步，他不想讓高原發現他在注意她。

過了一會兒，傅華探頭再看，高原已經離開了。

談了半天，傅華雖然並不知道高原爲什麼要買海川大廈的股份，但是從談話中，可以看得出來高原對此很有興趣。想到將來可能要跟這個不男不女的人做合作夥伴，傅華就不禁搖搖頭。

就在傅華瞎捉摸的時候，何飛軍回來了，看到高原走了，就問傅華：「剛才那個女人是誰啊，怎麼說話那麼跩？我還是第一次看到這種不男不女的人，像個什麼樣子啊。」

傅華笑說：「那您可要適應一下了，北京女孩像這樣打扮的很多。」

何飛軍笑笑說：「這人究竟是誰啊？」

傅華說：「高穹和的二女兒。」

何飛軍說：「和穹集團的高穹和？」

傅華笑笑說：「您還知道第二個高穹和嗎？」

何飛軍驚訝不已地說：「怎麼跟高穹和的風格一點也不一樣啊？誒，你們剛才在談什麼啊？能不能透過她讓高穹和在海川市投點資？我們市裏今年的吸引外資金額還遠遠沒完成呢。」

經濟社會一切向錢看，現在各地官員都在忙著吸引外地客商投資，遇到一個像樣的客商，馬上就想到能不能讓客商去他的轄區投上一筆資金，這已經成爲大部分官員的反射動作了。

就連傅華昨天得知高原身分的時候，也是先想到這個。不過高原對他似乎很反感，想要讓她投資海川，幾乎是不可能的。

傅華說：「她想買下通匯集團在海川大廈的股份，剛才是向我瞭解一些細節。」

何飛軍一臉豔羨的表情說：「高穹和的女兒就是有錢啊，這可是好幾億啊。我什麼時候能有這麼多錢啊？」

傅華有點鄙視的看了何飛軍一眼，心說你還是個副市長呢，有必要這麼羨慕有錢人嗎？好歹也裝一下吧?!

可能是心態的問題，自從何飛軍鬧出顧明麗事件後，傅華再看何飛軍，總覺得他不是個好東西；現在看他對有錢人這麼羨慕，不由得更加看輕了幾分。

只是傅華不好去評斷何飛軍，他看到了中午飯點時間，就說：「何副市長，走，我給你接風洗塵。」

兩人就去了大廈內的海川風味餐館。

坐定後，傅華先給何飛軍斟滿酒，然後端起酒杯說：「何副市長，歡迎您來北京進修。」

何飛軍看了看傅華，說：「傅主任不要這麼客氣，我在北京期間還請多關照。」

兩人碰了杯，各自喝了酒。何飛軍說：「傅主任，我聽說當初金達書記來中央黨校進修的時候，你給他提供了不少的幫助啊？」

傅華隱約猜到了何飛軍說這句話的意圖，他大概是想傅華也像幫助金達一樣幫助他吧？傅華便笑笑說：「這我可不敢貪功，外面的一些八卦不是真的，當年金書記發展海洋經濟的戰略根本是金書記自己的創意，與我可沒什麼關係。」

何飛軍不相信地說：「不是這樣吧？我還希望這次的進修你能幫幫我的忙呢。」

傅華趕忙說：「畢業這麼多年，我所學的早就還給老師了，我可沒這個水準，要有的話，我還至於在這做駐京辦主任嗎，早就回市裏做市委書記去了。」

何飛軍聽出傅華是在搪塞他，心裏就有幾分不高興，原本他還期望傅華能幫他搞點經濟論文之類的發表發表呢。話說當年金達就是從傅華那裏搞到了海洋經濟的設想，從而一步躍升到市長位置上的。

何飛軍並不期望能借傅華一步登天，但至少傅華能幫他搞點像樣的論文出來，好讓他學習的成績可以向各方交代。他自問沒有什麼紮實的學問基礎，想要靠自己取得好成績，顯然不太可能。想不到傅華根本就不買他的帳，開口就直接拒絕了他，讓他很沒面子。

他心中很惱火，不過，他也是個善於掩藏的人，表面上卻一點看不出生氣的樣子。

這時何飛軍的手機響了起來，他看了看號碼，然後就接通說：「您好，呂先生。」

聽何飛軍稱呼對方為呂先生，傅華猜測可能打電話來的人是呂鑫，沒想到何飛軍私下跟呂鑫的往來這麼密切，居然到互通電話的程度了。

這又是一個令人意外的發現，原來外表老實的何飛軍私下裏居然結交賭船的老闆，這可不像一個老實本分的人會做出來的事，不知道這何飛軍還有沒有更多不為人知的一面。

何飛軍的通話很簡短，很快就結束了。收好手機後，何飛軍對傅華說：「香港的呂鑫先生現在在北京，他知道我來北京，想晚上給我接風，還讓我帶你一起去。晚上你就跟我過去吧。」

傅華沒想到呂鑫在這個敏感時間居然會在北京，不知道他來北京幹什麼，他不願意在這種危機四伏的時刻跟呂鑫有什麼密切的接觸，就不想參加這次的宴會，便推說：「何副市長，我就不去了吧，我晚上還跟人有約。」

「別呀，」何飛軍有些不高興地說：「怎麼，呂先生的面子也不給？還是你覺得呂先生沒有直接打電話邀請你，你有點吃味了？要不要我現在給呂先生打個電話，讓他親自邀請你啊？」

何飛軍這麼說，傅華就不好再推辭了，只好說：「好吧，我把晚上的約會推掉，去赴約就是了。」

何飛軍這才滿意地說：「這還差不多。」

晚上呂鑫在「君悅」爲何飛軍設宴接風，不知道是不是賈昊出事的關係，呂鑫並沒有邀請巴東煌、白建松這些官方人物出席作陪，也沒有把喬玉甄和盧天罡請出來。出席的除了呂鑫之外，只有一個普通話很不流利的香港人，呂鑫介紹他姓羅，是呂鑫的助理。

見面後，傅華跟呂鑫握手說：「呂先生什麼時間到北京的啊，也不說一聲我好給你接風。」

呂鑫笑笑說：「來了有些日子了，公司遇到一點麻煩，我在找人處理。因爲事情很麻煩，我心裏煩，也就不太願意出頭露面，所以就沒跟傅先生聯繫。」

呂鑫說的遇到點麻煩，跟賈昊被抓的時間很吻合，傅華猜測很可能就是與賈昊案有關。

傅華試探地說：「現在呂先生會出來給何副市長接風，看來是麻煩解決了。」

呂鑫笑笑說：「是解決了，不過費了點周折而已。來來，大家別站著說話啦，今天的主角可是何副市長，大家先坐下來吧。」

眾人就坐了下來，呂鑫坐在主人的位置上，何飛軍則坐在主客的位置上。

呂鑫給何飛軍倒滿了酒，說：「香港一別也有些日子了，很高興跟何副市長再度在北京聚首，來，喝一個。」

何飛軍高興地說：「謝謝呂先生的款待。」然後就跟呂鑫碰了碰杯，兩人各喝了一口酒。

傅華在一旁有趣的看著兩人，看不出來何飛軍處理人際關係也有自己的一套，當時在香港，傅華只覺得何飛軍對呂鑫諂媚的厲害，顯然那時兩人的關係有了某種突破。

這場接風晚宴因爲參加的人數不多，所以很快就結束了，何飛軍已經有些醉意，傅華將何飛軍送到房間裏，安置他睡下，這才回家。

傅華在晚宴上也喝了不少酒，因此回家後，很早就上床睡了。

正睡得朦朦朧朧的時候，傅華的手機響了起來，傅華被驚醒，輝忙接通了電話，只聽電話那邊一個男人叫道：「傅主任，趕緊來救我啊！」

「救你？」傅華意識還有點朦朧，一下沒反應過來，順口說道：「你誰啊？我怎麼救你啊？」

對方說：「我何飛軍啊，傅主任你快來，我被轄區派出所的員警抓住了，你趕緊來救我，晚了我就完蛋了。」

傅華一聽驚呆了，這傢伙還真有本事，剛到北京的第一晚就被警察抓了，這是怎麼回事啊？

傅華困惑的問：「何副市長，你究竟出了什麼事啊？」

何飛軍怯懦的說道：「我找了一個小姐，正好碰上警察安檢，就被抓了。」

傅華質疑說：「不可能的，海川大廈不會有這些亂七八糟的東西，你在哪裏找的小姐啊？」

何飛軍懊惱地說：「我不在海川大廈，在洛天酒店，你快點過來吧，我如果被帶去派出所，可就完蛋了。」

洛天酒店在海川大廈附近，酒店中藏汙納垢，不但有色情服務，還有毒品交易，人蛇雜處，是一間很亂的酒店。傅華猜何飛軍一定是酒喝得太興奮了，這才跑去洛天酒店的。

如果何飛軍被警察帶走，他嫖妓的事就會曝光，那何飛軍的仕途就算完蛋了。傅華趕忙穿好衣服，開車直奔洛天酒店。幸好洛天酒店跟海川大廈屬於同一個轄區派出所，傅華平時跟轄區派出所關係處得不錯，多少有幾分把握能將何飛軍救出來。

第六章

掩耳盜鈴

何飛軍的事，只是一個掩耳盜鈴的做法，膿瘡不處理乾淨，遲早會有潰爛的一天。
以往金達是不屑用這種手法的，一定採取大義滅親的態度，
但是他發現堅持原則和信念很難。他慢慢成為一個助紂為虐的人。

傅華很快到了洛天酒店，找到了何飛軍，何飛軍和一個濃妝艷抹的女子正蹲在房間一角，兩人身上的衣物都很少，何飛軍只穿了條短褲，狼狽不堪，看到傅華，他想站起來又不敢，也不敢開口說話，只能用眼神示意傅華救他。

帶隊臨檢的劉所長看到傅華，笑笑說：「誒，傅主任，這是你朋友？」

傅華不好點明何飛軍副市長的身分，便點點頭說：「是的，劉所長，給個面子，罰點錢放了他吧。」

畢竟常打交道，抬頭不見低頭見的，彼此都會行個方便，劉所長沒有爲難傅華，爽快地說：「行，罰他三千，交上錢就可以走人了。」

交了三千元罰款後，員警就讓傅華帶著何飛軍離開了酒店。

兩人回到海川大廈。一路上何飛軍沉默不語，神情顯得極爲沮喪，他也知道嫖妓被抓對一個副市長來說，是件很大的醜聞，因此雖然被釋放了，心情卻並不輕鬆。

傅華在一旁也不知道該跟何飛軍說些什麼，他是下屬，自然無法去批評領導的行爲不檢點，只好保持沉默。

車內氣氛就有些沉悶，好在海川大廈離洛天酒店很近，幾分鐘就到了。傅華在海川大廈門口將何飛軍放了下來，說：「何副市長，很晚了，早點休息。」

下了車的何飛軍卻沒有馬上走進海川大廈，看了看傅華，遲疑了一下，說：「傅主任，今晚的事是不是就不要跟市裏面彙報了？你知道我剛結婚不久，如果被顧明麗知道我在北京做了這樣的事，她不撕了我才怪。」

對於要不要將這件事情彙報給市裏，傅華其實十分猶豫。如果處理不當，不但何飛軍會倒楣，他也會跟著栽跟頭的，因此不得不慎重處理這件事情。

按常規來說，對海川市官員在駐京辦發生的任何事，特別是像今天這麼嚴重的事，他一定要跟市裏報告的。不過，這樣子必然會得罪何飛軍。但是如果不向上彙報，這種事根本是紙包不住火，很難掩飾的，現場又不是只有他和何飛軍兩個人，光員警就有好幾個，指望這些人幫你保密根本就不切實際。

一旦風聲走漏，他就要承擔隱瞞真相、包庇何飛軍的責任了。他可不願意承擔這種責任，而且他跟何飛軍的交情也還沒到要幫他擔這種風險的地步。

想來想去，傅華還是決定應該把事情彙報給市裏，至於市裏如何處理何飛軍，就與他無關了。於是說：「何副市長，不要想那麼多了，早點休息吧。」

何飛軍看傅華沒有正面回答他，知道傅華仍有意要將事情彙報市裏，焦急地央求說：「傅主任，我今晚喝多了，所以才有點控制不住自己，平時我是不會這麼做的。求求你，幫幫我，就把這件事情壓著，不要跟市裏彙報了，我會感激你一輩子的。」

傅華心裏越發的鄙視何飛軍，敢做就要敢當，怕被檢舉，又爲何要做出這種見不得人的事來呢！幸好我認識臨檢的員警，能把你撈出來，不然的話，第二天報紙的頭條標題八成是海川市副市長在北京嫖妓被抓，海川市的人臉都丟大了。

傅華越發堅定了要彙報給市裏的決心，他搖搖頭說：「何副市長，駐京辦處理事情是有規定的程序的，這種事情我沒辦法幫你隱瞞，再說隱瞞也不是解決問題的辦法。您還是趕緊回去休息吧，明天還要去黨校報到呢。」

說完，傅華也不再跟何飛軍糾纏，一打方向盤，就離開了海川大廈，留下何飛軍孤零零一個人站在海川大廈門口好長時間。

何飛軍心裏很清楚嫖妓的嚴重性，傅華如果真的將這件事彙報給市裏，他是不會有好果子吃的。相關部門一定會找上門來，那樣可能不僅僅是嫖妓的問題，也許還會牽涉到其他他不想曝光的事。

想到這裏，何飛軍心不禁抽緊了。恨恨暗罵道：傅華這個混蛋，真是惡毒，我已經蒙受三千塊的損失了，他還想在傷口上再撒一把鹽。

那是不是自己主動向市裏認錯，想辦法爭取坦白從寬的優勢呢？可是這樣，傳到顧明麗的耳朵裏他就完蛋了。顧明麗知道後，一定會氣炸的，自從她從小三轉成正宮之後，對他就看得很緊，處處限制他跟女人的往來。要是知道他去嫖妓，還不曉得會怎麼大鬧呢。

何飛軍在去不去自首認錯之間徘徊許久，最終還是沒有一個結論，看看已經是深夜了，只好邁著沉重的步伐走進了海川大廈。

傅華回到家，小心地開了門。

他擔心驚醒鄭莉和傅瑾，輕聲的躺到床上，鄭莉還是被吵醒了，說：「這麼晚跑出去幹嘛了？」

傅華不好意思地說：「把你吵醒啦，何副市長出了點事，我去幫他處理一下。」

鄭莉奇怪地說：「不是晚上才一起喝的酒嗎？又出了什麼事啊？」

傅華嘆說：「他喝多了，居然跑去嫖妓，沒想到被警察給抓了。」

「什麼？」鄭莉驚訝的說：「嫖妓被抓？這位領導也太沒水準了吧？你們海川市也真是有意思啊，居然用這種人來做副市長。」

傅華苦笑說：「這傢伙在海川的時候還算老實，大概今天是因爲喝了酒，有點亂性。再加上他可能認爲在北京沒人認識他，自我約束就放鬆了。」

鄭莉大爲搖頭說：「那也不能這樣啊，他可是領導幹部啊，總該有點操守吧？」

鄭莉從小跟著爺爺長大，受鄭老的影響，對這種行爲不檢的人自然深爲厭惡。

傅華感慨說：「小莉，現在這些領導幹部們跟以前會嚴守分際的領導幹部很不一樣了，都是嘴上說的一套，私下行事又是一套，心裏想的只有權力和利益，發生這種事也不足為奇了。」

第二天一早，傅華來到駐京辦，就看到何飛軍已經在他的辦公室裏等著了。

何飛軍頭髮凌亂，面色發黑，顯得十分疲憊，看樣子是一晚沒睡。傅華估計他這麼早等在辦公室，八成還是想來求他不要把昨晚的事情彙報給市裏的。

傅華心中已經有了決定，就對何飛軍說：「何副市長，您什麼都不要說了，昨晚的事我還是要彙報的。您今天不是應該去黨校報到的嗎？你現在這個樣子去可不行，還是趕緊回去洗洗澡換件衣服吧。回頭我送你過去。」

何飛軍苦苦哀求著說：「傅主任，求求你了，我昨晚真是喝多了，控制不住自己，你就給我一次機會吧，我會一輩子感激你的。」

傅華還是搖頭說：「何副市長，您怎麼還不明白呢？這件事我是無法幫您隱瞞的，要不您自己跟市裏主動彙報？」

昨晚睡著前，傅華也思考過這個問題，最好的辦法，是由何飛軍自己去向市裏報告，會比由他彙報會來得好。

何飛軍臉色變了變，看著傅華說：「傅主任，你非要公事公辦的彙報上去嗎？就不能走別的途徑嗎？」

傅華說：「何副市長，您不要心存幻想了，隱瞞肯定是行不通的。」

何飛軍有點惱火，說：「傅華，你不要逼我，你可別忘了我可是海川市的副市長，是你的領導。」

看何飛軍變臉，傅華反而輕鬆下來，原本何飛軍可憐兮兮的樣子讓他還有點於心不忍，現在他擺起官架子，他反而不再覺得有什麼不好意思的了。心說：你是副市長又怎麼樣呢，我連金達都不怕，又豈會怕你這個小人？

傅華便笑了笑說：「我沒忘記您是海川市的副市長，倒是昨天晚上您忘了自己是海川市的副市長了。」

「你，」何飛軍惱羞成怒地指著傅華說道：「傅華，你不要太囂張，你這樣子簡直是目無領導，你有什麼了不起的，還想爬到市領導頭上？難怪金達書記會受不了你，你這樣哪像一個當下屬的樣子啊。」

傅華搖了搖頭，懶得再跟何飛軍爭辯。看看時間，這時候孫守義估計已經上班了，就拿起桌上的電話，撥了孫守義辦公室的電話。

何飛軍一驚，叫道：「你幹嘛，你打電話給誰？快給我放下。」說著，伸手就去搶下傅華手中的話筒，喀嚓一聲扣死了電話。

傅華說：「何副市長，您這又是何苦呢？難道說您能隨時跟著我，不讓我打電話嗎？我勸你還是趕緊回去收拾一下好去黨校報到，您要知道，不準時報到也不是一件好事。」

看傅華仍然堅持要跟市裏彙報，何飛軍撲通一聲給傅華跪了下來，哭著央求說：「傅華，求求你了，這件事現在就你我兩個人知道，你就放我一馬吧？如果你能放我一馬，你讓我做什麼都可以的。」

傅華看何飛軍一會兒氣勢洶洶的指責他，一會兒又像條喪家犬向他下跪，心說這人哪有一個副市長的樣子，一點擔當都沒有！當初孫守義不知怎麼會用了這麼個傢伙？

何飛軍越是這樣，他越覺得應該把事情彙報給市裏了。他不這麼做的話，將來市裏發現這件事，說不定他反而會被這傢伙反咬一口的。

傅華冷冷的看著何飛軍，也不去拉他，打開了辦公室的門，他要換個地方給孫守義打電話。

何飛軍看傅華開了辦公室的門，一下子從地上站起來，衝著傅華嚷道：「姓傅的！我會記住你今天給我的羞辱，等著吧，我會要你好看的。」搶先一步就離開了傅華的辦公室。

傅華看何飛軍離開了，他也就沒有離開辦公室的必要了，於是關上門，回到辦公桌後面坐了下來。

這時，桌上的電話響了起來，是孫守義的電話，他拿起話筒，孫守義就說：「誒，傅華，你剛才打電話來幹嘛啊？怎麼沒講話就掛斷了？」

傅華照實說：「我是有事想要跟您報告，但是剛才何副市長在這裏，阻止我跟您彙報，所以搶了我的話筒，把電話掛了。」

孫守義聽了，感覺有點不妙，趕緊問道：「傅華，你這麼說什麼意思啊，是不是何飛軍出了什麼事了？」

傅華苦笑了一下，說：「是的，市長，真是不好意思啊，你讓我看緊他，我沒做到。」

「不會吧？」孫守義說：「他昨天才剛到北京的，怎麼馬上就出事了？速度也太快了點吧？究竟是怎麼一回事啊？」

傅華說：「昨晚何副市長在海川大廈附近的酒店嫖妓被抓了個正著。」

孫守義驚訝的說：「什麼，這傢伙竟然跑去嫖妓，他可真有出息啊。」

這刻孫守義才發現這個何飛軍原來是好色之徒，他一直認爲他是被顧明麗引誘，才不得不娶顧明麗的，今天孫守義才知道何飛軍根本是一個色中餓鬼。

孫守義不禁後背發涼，這傢伙居然心機這麼深沉，找人跟蹤他的事也許真是他主使的，這讓孫守義有一種強烈的恐懼感，慶幸還好及時發現。

孫守義問道：「傅華，你說他被抓個正著，是你把他撈出來的？」

傅華說：「是的，抓他的正好是海川大廈轄區派出所的民警，我跟他們關係還不錯，他們只讓我交了三千塊罰款，就把何副市長給放了。」

孫守義恨恨地說：「你救他幹嘛，讓他被抓走得了，這種敗類留下來，除了丟我們海川市的臉之外，還能有什麼用？」

傅華勸說：「市長，如果放任警方將他帶走的話，恐怕我們海川市馬上就出大名了，副市長嫖妓，輿論一定會轟動的。」

孫守義大嘆說：「這傢伙跟顧明麗結婚已經轟動一次了，蝨子多了不咬人，也不在乎多這一次啦。」

孫守義巴不得事情鬧開，那樣何飛軍不只會被處分，甚至被免除副市長職務都有可能，他就可以借此擺脫何飛軍這條潛伏在他身邊的毒蛇。現在事件沒有曝光，反而是個難題，他還得繼續維護何飛軍，想辦法幫他遮掩。

傅華說：「情況就是這樣，市長，接下來要怎麼辦？」

孫守義說：「何飛軍呢？讓他跟我講話。」

傅華說：「他剛才離開我的辦公室了，您等一下，我馬上去找他。」

孫守義說：「不用了，我一會兒打他的手機好了。咦，他今天不是要去黨校報到嗎？」

傅華說：「是的，剛才他在我這兒，是想阻止我把情況跟您彙報。」

孫守義聽了越發惱火：「哼，出了事就想遮掩，他遮掩得住嗎？傅華，你這件事做得很好，這種事可不能替他掩飾，越遮掩以後越麻煩。一會兒你送他去黨校報到，我會跟金達書記研究一下，看要如何處分何飛軍。」

傅華說：「好的，我會把何副市長送去黨校的。」

「行，你看著辦吧。我要打電話給何飛軍，好好訓訓這個混賬的東西。」孫守義匆匆掛了電話後，轉頭撥打了何飛軍的電話。

何飛軍很快接了電話，開口就認錯說：「市長，對不起，我昨晚喝多了，沒有控制住自己，我錯了。」

孫守義對何飛軍老是用認錯這一招來討饒，早已感到不耐煩了，厭惡地說：「你行啊，老何，到北京第一天就給我捅出這麼大的簍子，等著吧，組織上會研究如何處分你的。」

何飛軍拼命哀求著道：「市長，我真的不是故意的……」

孫守義卻懶得再聽下去，直接把電話給掛了。

聽電話傳出嘟嘟的盲音，何飛軍怔了一下，猶豫著是否要打電話去跟孫守義再解釋一下，但是他知道此刻孫守義一定怒火正盛，就算打過去孫守義也不一定會聽他的解釋，想想還是放棄了。

這時，房間的門敲響了，何飛軍從貓眼中看到是傅華，心中一把怒火升起，便打開門衝著傅華喊道：「你又過來幹嘛？看我的笑話嗎？」

傅華冷靜的說：「何副市長，您應該去黨校報到了，我來接您過去。」

何飛軍怒吼道：「報到什麼啊，我現在都被你害死了，市裏馬上就要給我處分，讀不讀這個黨校對我來說還有什麼意義啊？」

傅華壓抑住不耐，說：「何副市長，請您克制一點，你自己做的行爲就該自己承擔，不要把責任推到別人身上，我來是因爲孫市長讓我送你去報到的。您如果不想去黨校學習了，請您跟市裏面說一聲好了。」

何飛軍看了傅華一眼，多少冷靜了一些，如果這時候他不去黨校報到，肯定會驚動省裏，事情就會越鬧越大。那樣就算是孫守義想幫他也沒辦法了。目前還是稍安勿躁，先去黨校報到再說吧。

何飛軍煩躁地說：「好了好了，我去，你等我一下，我換身衣服。」

何飛軍就去換了件衣服，簡單的洗漱一番，和傅華上車直奔中央黨校。

在車裏，何飛軍腦中一直在琢磨孫守義在他事發後仍然讓他去黨校報到的原因。他忽然有了一絲希望，因爲他想明白了一點，這次嫖妓被抓，不僅僅是他個人的污點，也是海川市的恥辱。金達和孫守義肯定不願意讓事情公開，

想到這裏，何飛軍臉上露出了一絲微笑，他感覺事情也許並不像他想得那麼嚴重了。孫守義和金達如果要處分他，也要掂量掂量各方面的利弊關係，搞清楚究竟是海川市的臉面重要，還是處分他更重要。

在他看來，孫守義頭腦清楚，頗有政治手腕，但是也正因爲如此，造成孫守義這個人在政治利益上盤算過多，患得患失，做事反而不太敢放開手腳。

而金達則是另外的情形了，金達也很聰明，但是政治手腕弱於孫守義，做事比起孫守義來更加直接一些；金達本身也有缺陷，他度量偏狹，書生氣太濃，缺乏一把手必須具備的剛毅和果斷。

因此在何飛軍看，金達和孫守義絕沒有勇氣自揭其醜，他們沒有那種壯士斷腕的決絕，因此推測他們會更傾向於掩蓋這件事，他自然可以安全過關了。

雖然這僅僅是推測，但是何飛軍心裏已經不那麼緊張了，臉色也好看了些。

傅華並不知道何飛軍內心的心理變化，只注意到何飛軍似乎恢復了往常的狀態，不再在乎嫖妓被抓的事了。

傅華把何飛軍送到了黨校，陪他辦好了報到的手續，並且將何飛軍的生活用品送到何飛軍的宿舍，幫他安頓好，何飛軍的黨校生活就算是正式開始了。

傅華回到海川大廈，在門口，他特別留意了一下停車場，想看看有沒有停放什麼特別的車，一眼看過去，停車場內都是一些大眾、豐田之類常見的車，看來今天高原沒有出現。

傅華到了自己的辦公室，抓起電話跟孫守義報告已經將何飛軍送入黨校學習去了，孫守義聽完，只說了聲：「好，我知道」，就掛了電話。

孫守義之所以這麼快就掛了傅華的電話，是因為他不知道該跟傅華說些什麼。金達一早就出席活動去了，不在辦公室，所以他還沒機會跟金達商量這件事，不知道金達會是什麼態度。

掛了電話，孫守義看了看手錶，估計這個時間金達出席活動應該結束了，他就再次打電話給金達。

果然，金達接了電話，問：「什麼事啊，老孫？」

孫守義說：「您回來啦金書記，您等一下，我有事要過去跟您報告。」

金達說：「行啊，過來吧。」

孫守義就去了金達的辦公室，金達問道：「什麼事啊老孫？」

孫守義嘆了口氣，說：「何飛軍這傢伙在北京出事了。」

金達眉頭皺了起來，說：「這傢伙真是不省心，又出了什麼事啊？」

孫守義說：「傅華告訴我，說他嫖妓被抓了。」

金達緊張地說：「何飛軍嫖妓被抓？真的假的，他不是剛去北京嗎？」

孫守義說：「是真的，我跟何飛軍落實了，他在電話裏直說對不起，說是晚上喝多才失控的。」

「混蛋，」金達一拍桌子說：「喝多了就能幹那種事啊？這根本是藉口。他現在是在警察局，還是已經被放出來了？」

孫守義說：「已經被釋放了，傅華透過關係，罰了點錢，他才被放的，這會兒他已經在黨校了。」

金達不滿的說：「這個傅華也是多事，該做的工作不去做好，何飛軍這種傢伙去管他幹什麼啊？」

孫守義暗自搖頭，金達對傅華的怨念也太深了，這是傅華的分內工作，怎麼能不管呢。便爲傅華分辯說：「是何飛軍向傅華求救，傅華想不管也不行啊。我覺得這件事傅華做的並沒有錯，如果聽任不管，這事一旦鬧大，那樣丟的可是我們海川市的臉。」

孫守義又說：「我覺得這件事很麻煩，您看我們該如何處理啊？是不是讓紀委啓動對何飛軍的調查呢？」

金達想了想：眼下的海川，穩定壓倒一切，覺得還是先把這件事情壓一壓才好，雖然他對何飛軍已經厭惡透頂，早就想處分他了，但對何飛軍貿然採取措施，並不符合他的政治利益。便說：「老孫，北京警方有沒有發函通知我們何飛軍嫖妓被抓啊？」

孫守義搖搖頭，說：「沒有，據傅華說，他因爲跟臨檢的警員熟識，所以交了罰款就算了事，警方的檢查也只是例行公事罷了，所以不會有什麼後續的措施。」

金達說：「既然警方沒有通知海川市，那我們就沒有處分何飛軍的依據，這時候，我個人覺得還是一動不如一靜吧。」

孫守義愣了一下，沒想到從金達口中得到的居然是這樣一個答案，不禁說道：「金書記，您的意思是說不要去管何飛軍這件事？」

金達點點頭說：「你要怎麼管啊？難道要自曝其醜，主動向省領導揭發何飛軍嗎？老孫啊，現在海川還不夠亂嗎？海川最近已經夠多事了，這時候就不要再火上澆油了。」

「那就這樣子便宜何飛軍了？」孫守義質疑說。

金達說：「也不是就便宜了何飛軍，只是暫時不處理而已，這也是為了大局著想。我想這件事說不定哪一天就會冒出頭來，到那時候再來處分也不晚。」

既然金達想要低調，當做什麼都沒發生，他也只好說：「您說的也對，那就不去管他了。」

不過，孫守義卻不想把金達這個想法告知何飛軍，就讓何飛軍去緊張一下吧。孫守義心裏暗道：何飛軍啊，你們夫妻倆不是有很多鬼心眼嗎，我就好好跟你們玩一玩，看看你能不能逃脫我的手掌心?!

孫守義離開後，金達陷入了沉思，覺得自己做的事越來越遠離他當初的原則和信念，就像何飛軍的事，只是一個掩耳盜鈴的做法，膿瘡不處理乾淨，遲早會有潰爛的一天。

以往金達是不屑用這種掩耳盜鈴的手法的，一定採取大義滅親的態度，但是他在仕途上走得越遠，越發現堅持原則和信念是很難的。他慢慢成爲一個助紂爲虐的人，令他未免有些悲哀。

北京，傅華正和喬玉甄在「府上咖啡館」吃午餐。

「府上咖啡」是一家坐落在段祺瑞執政府內的咖啡館，原名鐵獅子胡同。這裏一直保持著歷史的痕跡，給這個咖啡館也帶來一種無法言喻的滄桑味道。人安靜的坐在這裡，彷佛可以品嘗到時間流逝的味道。

這個地方是喬玉甄選的，極其幽靜，室內裝潢別具藝術感，午後來杯香濃的咖啡，翻看小說，或者什麼也不想的發呆，實在是非常愜意的享受。

喬玉甄看上去神情還好，不像上次見面時那麼疲憊，平靜了很多。雖然沒有以前那麼神采奕奕，但是看得出來，她的元氣在慢慢恢復當中。

傅華喝了口咖啡，看著喬玉甄說：「小喬，你今天的氣色好多了。」

喬玉甄笑了笑說：「有嗎？」

傅華點點頭，說：「有，事情終究會過去的。」

喬玉甄笑了一下，說：「也許吧，我這幾天心情很平靜，不去想那些煩心事，感覺過得也挺好的，希望能夠一直這樣子就好了。」

傅華說：「小喬，我前天見過呂先生了。」

喬玉甄愣了一下，說：「呂先生來北京了？」

傅華說：「是啊，他說要在北京處理一些事情，怎麼，你不知道嗎？」

喬玉甄搖搖頭說：「他沒跟我聯絡，我現在也很少主動跟那些朋友接觸。雖然事情暫時獲得解決，但是這個時期還是很敏感，我如果去找那些朋友，會給他們帶來不必要的麻煩。」

傅華想想也是，這時候許多人對喬玉甄和賈昊避之猶恐不及，又怎麼會主動聯絡呢。呂鑫那樣本身底子就不乾淨的，更是不會跟喬玉甄有什麼互動了。

傅華看喬玉甄神情淡漠，這個話題就有點談不下去了。他正想另找話題，手機響了起來，是趙凱打來的，他趕忙接通了。

「爸，找我有事啊？」傅華問。

趙凱嘆了口氣說：「傅華，我想先跟你說一聲，讓你好有個心理準備，海川大廈的股份，通匯集團確定要出手了。」

傅華早有預感趙凱是要跟他說這件事，高原對海川大廈展現出濃厚的興趣，跟通匯集團達成交易應該只是時間的問題。

傅華能理解趙凱的心情，照趙凱的意願，始終存著維護傅華的念頭；但是迫於形勢，又不得不這麼做，心中自然就有一份愧疚感。

傅華笑笑說：「爸，你別這樣，這是好事，應該高興啊，已經確定要賣給誰了嗎？」

趙凱說：「確定了，買方是和穹集團的二小姐。」

傅華愣了一下，原本他以爲高原是代表和穹集團去考察的呢，訝異地說：「您的意思，這是高原個人買下來的？」

趙凱說：「是啊，我們已經達成了初步的協議，高原是以個人名義，以一億六千萬買走通匯集團的股份。」

傅華說：「我還以爲是和穹集團跟您做這筆交易呢，沒想到是高原本人，這女人真有錢啊。」

趙凱說：「高穹和的女兒嘛，這點錢還是拿得出來的。傅華，實話說，我並不太想把股份賣給高原，但是你也知道，我現在的選擇並不多。」

傅華理解地說：「我知道。」

趙凱說：「高原人很精明，看透我們通匯集團正處於危機中，急需要輸血，趁機把價格壓得很低。要是往常，這個價格我是不會出手的。」

這就是形勢比人強了，傅華勸慰趙凱說：「爸，別想那麼多了，先讓通匯集團度過危機再說吧，錢總會賺回來的。」

趙凱強笑了笑說：「這倒也是。誒，傅華，今後你跟這個女人打交道的時候要小心，她雖然年紀很輕，但是做事的手法卻很狠辣，不好對付啊。」

傅華笑說：「我也沒想要去對付她啊。她沒說買海川大廈的股份要做什麼嗎？」

趙凱說：「這她倒是沒說，不知道她究竟想幹什麼，不過，有你們海川市政府和順達酒店兩家股東在，想來她也玩不出什麼花樣來的。」

傅華笑笑說：「這倒也是。反正我這邊主要是海川的駐京機構，並不是要去做生意，高原做什麼基本上也與我無關，你不用為我擔心。」

趙凱便說：「好吧，你小心應對吧。」

傅華掛了電話，喬玉甄看著傅華說：「怎麼，趙董把海川大廈的股份賣掉了？」

傅華點點頭，說：「一億六千萬賣給高穹和的二女兒高原了。」

喬玉甄說：「高穹和我見過，很儒雅的一個人，他的大女兒為人也挺好的，想來他的二女兒也不會差到哪裡去，但我怎麼聽你和趙董剛才話中的意思，好像這個高原是個麻煩人物一樣？」

傅華說：「你是沒看到高原本人，如果你看到她本人的話，你一定會覺得我們說的並不假。你不知道，我第一次見到她還以爲她是男人呢。」

喬玉甄好笑地說：「不會吧？她是男是女你都分不出來？」

傅華笑說：「她的打扮很男性化，穿著打扮又很新潮，她第一次到海川大廈是騎著哈雷去的，第二次開的是藍寶堅尼跑車，這些根本就不是女人玩的。」

喬玉甄反駁說：「傅華，你不要性別歧視啊，男人能玩的東西，女人爲什麼不能玩啊？這個高原挺有個性的，有機會我倒是真想認識認識她呢。」

跟喬玉甄吃完飯，傅華開車回駐京辦。剛到海川大廈門口，就看到一個中年男人從一輛黑色賓士車下來，然後站在海川大廈門口，仰頭看著海川大廈。

他穿著一身唐裝，腰板挺得筆直，氣質儒雅，舉手投足間自有幾分威嚴，一看就知道這個男人有些來歷。

傅華看到他，莫名感覺十分的眼熟，好像曾經在什麼地方見過一樣。

傅華也下了車，徑直往海川大廈裏面走。這時，那個中年男人也跟著傅華一起進了海川大廈，一起進了電梯。傅華按了駐京辦的樓號，那個中年男人並沒有按樓號，傅華看他也是要去駐京辦的，不由得就多看了他一眼。

這一看，他認出來了，知道自己爲什麼覺得這個男人眼熟了，因爲他常在媒體上看到這男人的照片，這男人就是和穹集團的董事長、高原的父親高穹和。

傅華就對高穹和笑了笑說：「您是和穹集團的高先生吧？」

高穹和看了看傅華說：「我是高穹和，你是？」

高穹和說話很隨意，但是話語間那種自信馬上就顯露無疑，讓人感到一種成功人士身上的那種氣勢。

傅華說：「我是海川駐京辦的主任傅華，也是這棟大廈的董事長，我估計高先生來這裏，就是想要找我的吧？」

高穹和笑了笑，伸出手說：「很高興認識你。」

傅華跟高穹和握了手，說：「是我的榮幸。」

電梯叮鈴一聲，到了駐京辦所在的樓層，傅華就帶著高穹和去他的辦公室。把高穹和請到沙發坐下，倒上茶，然後問道：「高先生是爲了令嬡買下海川大廈股份而來的吧？」

高穹和說：「傅主任很聰明，我就是想來看看小原買下來的海川大廈究竟是怎麼個樣子的。」

傅華笑笑說：「現在看到了，不知道高先生有什麼感覺？」

高穹和說：「大廈各方面的設施都有點陳舊，感覺小原買它有點不太值得。」

傅華擔心高穹和要干涉這次交易，趙凱好不容易才將股份賣了出去，可不能讓他給攪局了，便說：「高先生，您這麼說就有點不對了，如果什麼都是全新的，這個價格也不會低的。您不會想要干涉這次的交易吧？」

高穹和搖搖頭，說：「我跟小原約定好了，這是她第一次做生意，她做什麼我都不會干涉的。你放心傅主任，我沒有要推翻交易的打算，我只是想看看小原究竟買了什麼。」

這傢伙果然財大氣粗，一億六千萬的交易敢放手給一個二十出頭的女孩去做，這個女孩還是第一次做生意。

傅華佩服地說：「難怪高先生可以創造那麼多財富，這份胸襟就非一般人能夠做到的。」

高穹和笑笑說：「傅主任不要這麼說，我沒你說的那麼厲害，這其實不是什麼胸襟的問題，而是你擁有的財富到沒到一定程度的問題。等你擁有的財富達到只是銀行裏一個數字的時候，錢對你來說就無所謂了，就算拿出一兩億給女兒玩一下，你也不會覺得有什麼的。」

這句話說得十分霸氣，也是，人家身分到了一定高度才能說出這種話來。不過，傅華覺得高穹和有點矯情，既然覺得沒什麼，那爲什麼還緊張兮兮的跑來海川大廈呢？這不是自相矛盾嗎？

高穹和似乎察覺到傅華的想法，接著說道：「傅主任可能會想，我既然不在乎，爲什麼還來海川大廈？」

傅華笑了起來，說：「高先生的眼神很銳利啊，我在想什麼您都看得出來，是的，對此我有所疑問。您這不是自相矛盾嗎？」

高穹和解釋說：「其實並不矛盾，我在乎的不是錢，而是女兒，我不想讓她在這件事情當中遭受到什麼欺騙。傅主任可能知道，小原是剛從美國回來的，她對國內一些事務還缺乏瞭解，行事作風完全是美國式的。美國人做生意講究信用，一向都是相信對方，這跟我們中國人可是有著天壤之別。」

第七章

政商聯姻

這時候，傅華大致明白方士傑和高原的關係了，
這應該算是一種政商高層的聯姻吧。
透過聯姻，方士傑家族就可以借助和穹集團強大的財力，
而高氏家族則可以因為方士傑父親政界方面的雄厚實力，得到政治上的庇護。

傅華聽得出來，高穹和這是想保護高原的意思，言辭間滿滿都是做父親的慈愛之情，忍不住說：「這我倒是看出來了，您女兒完全是美國作派，又是哈雷，又是超跑的，也就是您這樣的富爸爸才能讓她玩得這麼拉風。」

高穹和一聽傅華說的話，就知道他對高原有些怨念，笑了笑說：「看來小原惹傅主任生氣了。」

高穹和這麼說，傅華反而不好意思了，好像顯得他氣量狹窄一樣，便說：「哪裏，我只是羨慕而已，我很羨慕她有個您這麼好的爸爸呢。」

高穹和說：「傅主任倒挺坦率的。誒，傅主任，小原購買海川大廈股份已成定局，今後你們就是合作關係了，小原經驗尙淺，還請你多關照。」

傅華搖搖頭說：「高先生太客氣了，關照真是談不上，您女兒雖然年輕，但能力出眾，做事精明果斷，我實在是不知道能在什麼地方關照她；二來，您女兒從認識我的那一刻起，就好像對我很有看法的樣子，我想她也不願意被我關照的。」

高穹和笑說：「小原的脾性是直了一點，這也是因爲她一直在美國生活的緣故。美國佬都是直來直往的，喜歡就說喜歡，討厭就說討厭，小原也養成這種作風。總之，還請傅主任在今後的合作中多體諒她。」

傅華笑笑說：「高先生太客氣了，我不會去跟她計較的。誒，您知不知道她買下股份是想幹什麼啊？我十分好奇她爲什麼會接手呢。」

高穹和說：「這她也沒告訴我，其實我也猜不透她葫蘆裏賣的究竟是什麼藥。不過傅先生也不要著急，她已經簽了合同的意向書，估計她要做什麼很快就會揭曉的。」

傅華聽了說：「那我就只好等了。」

高穹和笑笑說：「是啊。打攪你這麼久，我也該告辭了，謝謝您的招待。」

傅華跟高穹和並沒其他交集，因此就沒挽留他，說：「高先生真是客氣了，一杯水而已。」

傅華就送高穹和離開，走到門口時，高穹和轉身對傅華說：「傅主任，我今天過來的事，拜託你不要告訴小原，我不想讓她知道我來調查過她的投資狀況，行嗎？」

傅華說：「您放心，我不會跟她說的，何況我跟您女兒也沒熟到會隨便聊天的程度。」

高穹和就離開了。他對女兒的拳拳維護之心，讓傅華對他的印象很是深刻，傅華相信高穹和表現出的儒雅，是他功成名就後的一種自我包裝，真實的高穹和絕非是這樣的，他骨子裏透出來的狠辣氣息，才是他的真實面目。像和穹集團那麼大的公司，光靠儒雅是無法掌控的；作爲掌舵人，高穹和如果沒有雷霆手段，和穹集團可能早就分崩離析了。

現在高原進入海川大廈已成定局，傅華也得做一些因應措施，必須確保海川市政府對海川大廈的控制地位沒有什麼改變才行。

他先打電話給章鳳，問章鳳知不知道高原確定買下海川大廈股份的事，章鳳說：「我知道，高原跟我講過了。」

居然是高原而非趙凱跟章鳳講這件事的，說明高原和章鳳的關係很密切，這讓傅華產生了危機感，如果這兩家聯手，馬上就可以讓海川大廈改朝換代的。

傅華試探道：「章鳳，你們順達酒店對此是什麼態度啊？」

章鳳笑笑說：「姐夫，你放心，順達酒店還是秉持一貫的原則，依舊會支持你的。」

章鳳再度做出了支持他的承諾，讓傅華懸著的心多少放鬆了下來。

緊接著，他把這個情況向孫守義作了彙報，孫守義並沒有做什麼特別的指示，只說讓傅華繼續好好工作，不要因爲股東的變動而受影響。

正式簽約之後，高原就進駐了海川大廈，用的是趙淼的辦公室。現在通匯集團手中沒有了海川大廈的股份，趙淼這個股東代表自然就沒有存在的意義。趙淼主動提出要回通匯集團幫忙，讓趙凱感到很欣慰，看來這次通匯集團遭遇危機，也讓兒子成熟了不少。

高原進駐，作爲海川大廈業主之一的海川市駐京辦也不得不有所表示，傅華就訂了一個小型的花籃送到了高原的辦公室。

高原正在擺放辦公用品，看到傅華拿著花籃進來，倒還客氣，笑笑說：「傅主任，這怎麼好意思呢？」

傅華說：「應該的，歡迎加入海川大廈。」

高原就接過花籃去擺了起來，傅華看到除了自己的花籃之外，還有一個花籃是順達酒店送的，就沒有其他的賀禮了，忍不住說：「誒，你來這裏，好像沒有多少朋友向你表示祝賀啊？」

高原不以爲意地說：「需要嗎？我不喜歡這些形式的東西，有沒有這些，我還是一樣。」

傅華笑笑說：「其實也就是討個彩頭而已，怎麼連和穹集團高董都沒有什麼表示啊？」

高原警覺的看了傅華一眼，說：「你什麼意思啊？你見過我父親？」

傅華心想她的警惕性還挺高的，就說：「高董是大老闆，我怎麼可能高攀得上呢，我只是覺得他是你父親，你進駐海川大廈，他總該表示一下吧？」

高原這才放下防備，說：「他表示過了，我買海川大廈的錢都是他付的，這還不夠嗎？」

兩人正說時，一名年輕男子手捧著一大束藍色妖姬玫瑰推門走了進來，熱情地說：「高原，恭喜你啊。」

傅華注意到這名男子身材高挑，樣貌俊朗，打扮很時髦，一副英俊小生的模樣，手捧著玫瑰花，一看就覺得應該是高原的男朋友之類的人物，心想：各花入各眼，像高原這樣不男不女的人，居然也有男人喜歡，讓他感到很有趣。

沒想到高原並不是很歡迎這個叫做方士傑的傢伙，語氣厭煩的說：「方士傑，你怎麼來了？」

方士傑對高原的態度並不以爲意，笑笑說：「我聽叔叔說你買了海川大廈的股份，就想過來向你表示祝賀啦。」

高原瞅了方士傑一眼，說：「不用你這麼好心，花你拿走吧，我不喜歡玫瑰。」

傅華看在眼裏，心想這個女人還真有個性，這麼帥的男人熱臉貼過來，她卻給人家一個冷屁股貼，真是夠不留情面的。

方士傑有些尷尬的說：「高原，我沒別的意思，就是想跟你說聲恭喜而已。」

「沒必要！」高原毫不留情的拒絕了他的好意。

方士傑陪笑說：「好好，你不喜歡這束花，我扔掉就是了。」說著，就將手裏的玫瑰花扔到了廢紙簍裏。

傅華不禁肉疼了一下，這一大束藍色妖姬可要花不少錢，就這麼扔掉真夠可惜的。

傅華看著氣氛不佳，就想趕緊抽身離開，他可不想留在這兒當電燈泡，就對高原說：「你們聊吧，我回去了。」

「急什麼啊？」沒想到一直對傅華不稍假辭色的高原，居然燦爛的笑了起來，一邊伸手拉住了傅華的胳膊，一邊說道：「不是說好一會兒一起去吃飯的嗎？」

傅華被搞怔了，不明白高原爲什麼突然對他這麼好，詫異的說：「誒，我什麼……」

「哎呀，你這個人，叫我說你什麼好呢？」高原打斷了傅華的話，搶先說道：「你看你的領帶都歪了。」說著，便伸手幫傅華調整了一下領帶，弄完後，還拍了一下傅華的胸膛，狀似親暱的說：「這還差不多。」

在拍傅華胸膛的時候，高原衝傅華眨了一下眼睛，傅華不是笨人，明白高原的這些舉動都是演給方士傑看的，大概是想擺脫纏人的方士傑。

畢竟是合作夥伴，傅華不好拆穿高原的把戲，就配合的說：「小原，別這樣，你有朋友在這裏，叫人家看見了多不好啊。」

傅華表面上說讓高原別這樣，語氣上卻表明了他跟高原關係非比尋常，好讓方士傑對高原死心。

方士傑果然中計了，急急問道：「高原，這是怎麼回事，這傢伙是誰啊？」

高原說：「啊，忘了給你介紹了，這位是我的好朋友傅華。傅華，這位是方士傑方先生。」

在介紹的時候，高原刻意強調「好朋友」，意在區別對待傅華和方士傑，營造出一種跟傅華曖昧的氣氛來。傅華心想：這麼一介紹，方士傑非氣壞不可。

果然，方士傑一聽眼睛都紅了，氣哼哼的瞪著傅華說：「你是從哪兒冒出來的啊？什麼時候成了高原的好朋友了？」

傅華心裏暗自好笑，心說我也不知道什麼時候成了高原的好朋友了。

不過演戲演全套，他得配合高原把戲演完，就伸出手來，說：「我跟高原認識有一段時間了，很高興認識你。」

方士傑越發的氣惱，很沒風度的不理傅華，衝著高原叫道：「高原，你給我說清楚，你跟這個男人究竟是怎麼回事啊？」

高原眉頭皺了一下，不悅的說：「方士傑，你很沒禮貌啊，我朋友的手還伸在那裏呢。」

方士傑嚷道：「我管他伸不伸手，我只想知道你跟他究竟是什麼關係？」

高原笑了起來，說：「你是傻子啊，這樣你還看不出我們是什麼關係嗎？」

高原說著，兩隻手去拉著傅華的胳膊，身體靠在傅華身上，還抬起頭來含情脈脈的看著傅華。看高原表演的這麼到位，傅華差點笑了出來，險些穿幫。

這下子方士傑撐不住了，憤怒的嚷了一句：「行，高原，你夠狠。」氣憤地轉身就往外走。

高原看已經達到氣走方士傑的目的，臉色立即就沉了下來，本來拉著傅華胳膊的手也放開了，又恢復了那種對傅華冷淡的神態。

傅華看高原這麼快就變臉，也有點生氣，我總算也幫了你一把，你不說聲謝謝也就罷了，有必要這麼快就翻臉嗎？

他有心想要逗一逗這個無情的女人，便抬起手來，衝著已經走到門口的方士傑叫道：「誒，方士傑，你聽我說……」

方士傑停住了腳步，回頭看著傅華問道：「你想說什麼啊？」

高原不知道傅華要做什麼，冷眼看著傅華，想看傅華究竟想幹什麼。

傅華看她這樣，心中越發的不舒服，存心想要捉弄她一下，就笑著對方士傑說：「是這樣子的，我跟高原其實……」說到這裏，他故意頓了一下，想看看高原是什麼反應。

沒想到，高原卻突然做了一個令他瞠目結舌的動作，她用雙手捧起傅華的臉，送上雙唇將傅華的後半截話給堵了回去。

傅華怔住了，急著想要掙脫，高原的雙手卻死死的抓住傅華，不讓他掙脫。高原不愧是玩重機的，胳膊的力量很大，傅華完全無法抵抗。

方士傑看到這種情形，再也待不住了，恨恨地快步離開了。待方士傑的腳步聲遠去，高原才放開傅華。

傅華擦了一下嘴，心中很惱火，質問高原說：「你有必要這樣嗎？」

高原瞪了傅華一眼說：「你擦什麼啊，我很髒嗎？」

傅華對高原的態度十分不滿，冷冷的說：「髒是不髒，不過感覺像是吻了一個男人，真是彆扭。」

「你！」高原沒想到傅華會這麼說，氣得指著傅華的鼻子說：「你別得了便宜還賣乖啊！」

「得了便宜？」傅華冷笑一聲，說：「你以爲我願意啊？」

「你……」高原氣得說不下去了。

傅華回嘴說：「我怎麼了，我說的是事實嘛。」

「好你個事實！」高原說著，一腳用力踩在了傅華的腳背上。傅華疼的一聲大叫，隨即抱著腳跳了起來。

高原因爲氣急敗壞，這一腳力道很大，傅華只覺得腳上一陣劇痛，感覺腳像斷了一樣，不一會兒，腳背就像吹了氣一樣的腫了起來。

傅華心中暗自發誓：以後他再也不去惹騎重機的女人，這個女人不但胳膊有勁，腳上的力道也這麼恐怖。

高原看傅華單腳跳來跳去的樣子，不由得哈哈大笑起來，指著傅華說：「你知道你現在像什麼嗎？就像一隻滑稽無比的猴子。」

傅華真是又疼又氣，忍不住破口大罵起來：「你變態，你這個瘋女人，你看別人痛苦就很高興是吧？」

高原得意地說：「這時候你承認我是女人了？活該，誰叫你惹我呢？下次我看你還敢不敢！」

傅華氣說：「你還想有下次啊，我再見你就躲著你走。」

高原不甘示弱地說：「你以爲我稀罕啊，趁早滾一邊去吧。」

傅華這時跳到沙發上坐了下來，脫下被踩腫的那隻腳上的鞋子，腳背腫得老高，心說我這真是找罪受，好好地去惹這個男人婆幹什麼啊?!看高原沒有要過來幫他的意思，傅華只好打電話給羅雨，讓羅雨過來把他攙回去。

不一會兒羅雨來了，納悶的問：「傅主任，你這是怎麼了，怎麼腳背腫得這麼厲害啊？」

高原一副看好戲的樣子在一旁看著，也不解釋是怎麼回事。

傅華沒好氣的說：「我今天出門沒看黃曆，遇到瘟神了。」

羅雨越發的不解，說：「傅主任，瘟神跟腳背腫有什麼關係啊？」

傅華不耐地說：「好了，趕緊攙我下去吧，我得找個骨科醫生看看。」

羅雨就攙著傅華一瘸一拐的走出了辦公室，高原不忘在後面喊道：「傅主任，走好啊。」

羅雨看了傅華一眼，小聲地說：「傅主任，是這個男人婆踩你的？」

傅華不好跟羅雨解釋他跟高原之間究竟出了事，只好苦笑說：「別那麼好奇了，趕緊送我去醫院吧。」

羅雨就帶著傅華在附近找了家醫院掛了號。大夫看了看傅華的腳，問道：「你這是怎麼了？」

傅華忿忿地說：「被人踩了一腳。」

大夫驚訝的說：「這是多大的仇恨能把你的腳踩成這樣啊？不用說，踩你腳的人一定練過腿功，要不然沒這麼大的勁。」

傅華心說：我哪知道她下腳這麼狠啊，早知道這傢伙這麼厲害，我根本就不會惹她的。

大夫幫傅華拍了X光片，幸好骨頭沒事，就給傅華開了藥，讓傅華回家自行休息。

傅華回到家，鄭莉看他一瘸一拐的被羅雨送回來，驚訝的問道：「你的腳怎麼啦？早上出去時不是還好好的嗎？」

傅華苦笑說：「被人踩了一腳。」

鄭莉疑惑的看著傅華，說：「什麼人啊，竟然踩得這麼重？」

傅華自然無法跟鄭莉說他被高原強吻，然後言語衝突起來才被踩傷的，只好說：「是個意外，才會不小心被踩得這麼重。」

鄭莉這才不問了，攙著傅華到臥室躺下。

經過一夜的休息和藥力的作用，傅華腳上的腫消了不少，只是走路時依然一瘸一拐的。駐京辦還有不少事等著他處理，傅華也沒有心思在家休養，就讓駐京辦派車把他接了去。到了辦公室，正在翻閱公文時，門給敲響了，高原一臉壞笑的站在那裏。

傅華沒好氣的說：「你來幹嘛，還嫌我的腳腫得不夠嗎？」

高原點點頭，故意說：「是有點，要不你把腳放下來，我再幫你踩一腳？」

傅華一聽，不自覺的將腳往裏收了收，高原看了，哈哈大笑起來，說：「怕啦？你還是個大男人，就這麼點出息啊？」

傅華真是又生氣又鬱悶，他發現高原似乎是他命中的剋星，他拿這個瘋女人竟一點沒轍。便氣惱地說：「你趕緊給我走，我不想看見你。」

高原笑了起來，說：「我要是不走呢？難道你能攆我走嗎？」

傅華看了看高原，無奈的說：「算你狠，我沒辦法攆你走，你愛待在這裏就待在這裏吧。」說完，就不再理會高原，自顧的繼續看他的公文去了。

高原頓時就有些無趣，衝著傅華叫道：「咦，真的生氣啦，一個大男人不會就這麼點度量吧？」

傅華冷冷地說：「我有工作要做，沒時間搭理你。」

高原不悅地說：「你這樣就太沒禮貌了，我可是來探望你的，你起碼應該對我客氣一點吧？」

傅華好笑地說：「你還懂得禮貌啊？好像我們自從認識起，就沒見你講過禮貌。高原，你不用這麼貓哭老鼠假慈悲，我的腳是被你踩的，你還好意思來跟我談什麼禮貌?!」

高原還擊說：「那是你自找的好不好，誰叫你說我像男人啊？」

傅華冷笑一聲，說：「我發現你真是沒有自知之明，難道你不像嗎？你真該多照照鏡子看看，那樣你就知道自己有多像男人了。你是不是從小被家裏當男孩子養的？」

高原氣憤地說：「你夠了吧，傅華，你是不是想讓我再踩你一腳啊？」

傅華還真是有些擔心高原會這麼做，嘴裏嘟囔了一句「暴力分子」，就不敢再去惹高原了。

但這句「暴力分子」還是被高原聽到了，她抬起腳，作勢要往傅華腳上踩去，傅華嚇得一哆嗦，趕忙把腳往後抽。

只是他的一隻腳已經受傷，腳縮得就有點慢，眼見要被踩上，傅華一緊張，閉上了眼睛，等待著像昨天那樣的劇痛再次來臨。

沒想到高原沒有踩他，在眼見就要踩上的那一刻，她把腳給收了回去，然後伸手推了傅華的腦袋一把，說：「看你這副慫樣，你以爲我真的那麼沒人情味，會讓你傷上加傷嗎？」

想不到這瘋女人耍了他一把，傅華真是氣悶極了，忍不住譏諷道：「哼，嫌我慫，你就不慫嗎？你不慫，爲什麼不直接拒絕那個方士傑啊？你惹不起他，就拿我當擋箭牌，利用完我，還把我的腳給踩腫了，真是夠差勁了。」

高原瞅了一眼傅華，說：「你說得倒輕巧，你知道方士傑是什麼人嗎？我告訴你，你昨天可是惹惱了方士傑了，你等著他來對付你吧。」

傅華假做害怕地說：「哎呀，我好怕啊！哼，你以爲我像你一樣嗎？」

高原臉上再度現出那種壞壞的笑容，說：「這個方士傑本身倒沒什麼，只是他有一個好父親。」

傅華笑說：「我當是怎麼一回事，原來是有個好爸爸啊，這有什麼了不起的，你不也有個好爸爸嗎？你老爸可是和穹集團的掌舵人，手中掌控著商業帝國，難道說這還拼不過方士傑那小子的爹？」

高原卻點頭說：「當然拼不過了，方士傑的父親是北京的市委書記，自古民不與官鬥，我爹再強，畢竟是個商人，他也強不過父母官的。」

傅華心裏倒抽一口涼氣，沒想到方士傑居然是北京一把手的兒子。要是方士傑動用關係來針對海川市駐京辦，那駐京辦可就慘了。居然被這個瘋女人拖進了這灣渾水裏，傅華心裏不禁暗自叫苦。

傅華不禁抱怨說：「高原，不帶這麼害人的吧。」

高原笑了起來，說：「怕啦？」

傅華點點頭說：「怕了，我們駐京辦還受在地政府的管轄，想不怕都不行啊，這次可被你害慘了。」

高原笑說：「誰害你啦，我本來只是想說我們是好朋友的，可是你非要揭穿我，我也沒辦法。」

傅華反駁說：「你沒辦法的時候就要親我嗎？話說你這可是非禮我，知道嗎？」

高原不滿地說：「喂，長這麼大，除了我父親之外，我還沒親過別的男人呢，你該高興都來不及才對。」

傅華不相信的說：「我不信，你是在美國長大的耶。」

高原瞪了傅華一眼，說：「美國長大的怎麼了，美國長大的就很開放嗎？我家教可是很嚴的。」

傅華質疑說：「就你這樣還家教很嚴？真不知道家教不嚴的話，你會怎麼樣呢！」

高原生氣地說：「你這是什麼邏輯啊，我打扮得像男孩子就家教不嚴了嗎？」

傅華想想也是，自己的邏輯是有點不對，就說：「好，我的邏輯是有點經不起推敲，算我錯了。高原，這個方士傑是從什麼地方冒出來的，我以前怎麼沒聽說過這號人物啊？」

傅華自覺算是消息靈通人士了，對北京的風雲人物多少也知一二，按說這些高官子弟他應該聽說過，但是印象中卻從沒聽說過方士傑的名字。

高原說：「他也是剛回國發展不久，加上行事低調，所以很少有人知道他的身分。怎麼，你打聽他的情況幹什麼啊，不會是真的害怕了吧？」

傅華點點頭說：「是啊，我真的害怕了，你有他的聯繫方式嗎？」

高原疑惑的看著傅華，說：「有啊，你要他的聯繫方式幹嘛？」

傅華笑說：「我要跟他解釋一下我們的關係，告訴他，我和你其實沒什麼，讓他不要誤會。」

高原就有些緊張了起來，說：「誒，你不會連這點膽量都沒有吧，一個北京的市委書記就把你嚇成這樣了？你還是男人嗎？」

傅華笑笑說：「我當然是男人了，不過，我也沒必要爲你擔這麼大的責任吧？何況，你還把我的腳給踩傷了，嚴格起來說，你應該算是我的仇人。」

高原埋怨地說：「誒，你不是這麼小心眼吧，我好不容易才借你甩掉了那塊黏人的牛皮糖的。」

傅華故意說：「我這人向來不大度的，快點，你把他的電話給我，我打電話告訴他。」

高原盯著傅華的眼睛看了好一會兒，突然笑了出來，說：「你這傢伙，看上去一副老實樣，實際上也不老實嘛，你根本不害怕方士傑吧？你只是想借著這個來要脅我罷了。」

傅華搖搖頭說：「女人太精明了不好，會讓男人很沒面子的。」

高原笑說：「那是不是女人傻傻的被男人騙，你才覺得好啊？我發現你這人挺卑鄙的，還小心眼，睚眥必報。」

傅華笑了起來，說：「好了，我剛才是跟你開玩笑的。我不是不怕方士傑的父親，我怕，但是對他來說，我實在是太渺小了，他連計較都不值得跟我計較的，那我也就沒有怕他的必要了。」

確實是，一個是直轄市的一把手，一個是地級市的駐京辦主任，層次差得如此之多，根本就不是一個層面，對方完全可以無視傅華的存在；真要計較，對他來說反而是件丟份的事。

高原不禁說道：「誒，想不到你還能分析到這一層，不笨嘛，還挺有頭腦的。」

傅華差點氣結，苦笑說：「是不是我在你眼中只是一個會喝酒的顢頇官僚啊？」

高原居然點點頭，說：「這可是你自己說的啊。」

傅華真拿這女人沒轍，嘆說：「好了，隨便你怎麼看我，反正我以後不想跟你有什麼聯繫，所以拜託，請你以後離我遠點。」

高原笑了起來，說：「你忘了，我們可是合作夥伴。」

這女人居然還一副賴上他的架勢，叫傅華哭笑不得，說：「誒，那是工作關係，私下我們可沒什麼聯繫。」

高原臉上又浮起一絲壞笑，說：「私下也不是沒什麼聯繫哦，你忘了，我們昨天可是接過吻的。」

「那是被你強迫的好不好？」傅華叫道：「你還好意思說呢，到現在我還覺得嘴巴裏怪怪的呢。」

「喂！」高原不滿地也叫了起來：「我就這麼不堪嗎？有些事說一次就行了，再說的話，別怪我跟你翻臉啊。」

「好了好了，我投降，再也不提這件事了。」傅華告饒說。

高原哼了聲說：「算你識相！誒，我剛才說到哪裡了，叫你這麼一攪和，害我都忘了。」

傅華別有意味的說：「你說我們是接過吻的。」

高原眼睛一瞪，說：「我在跟你說正事呢。」

「那就好，說吧，你還要跟我說什麼正事？」傅華問。

高原說：「不管怎麼說，我跟你接吻總是事實，現在被方士傑看到了，他一定會跟我家人講的，所以，我家裏的人很可能會來找你談這件事。你明白我的意思了吧？」

傅華愣了一下，他還真沒往這方面想過，現在聽高原這麼一說，他才意識到真是會有這種可能。

他是個有婦之夫，高原跟他接吻，一定會引起高原家人的緊張，說不定高穹和還會找上門來。這種男女之間的事又很難解釋清楚，高原的家人說不定根本不會相信他只是被拿來當擋箭牌的。更糟的是，萬一傳出去讓鄭莉知道了，又要釀出一場風波。

傅華不禁皺起眉頭，苦著臉說：「我真是被你賴上啦，你做事前怎麼也不用用腦子，現在怎麼辦啊？」

傅華的神態十分嚴肅，不像在跟高原開玩笑的樣子，高原不禁說道：「你不用這麼緊張吧？」

傅華擔心地說：「這件事情如果傳開，對我很麻煩的，我的家人和上級對我可能會有所誤會。我不管，你自己跟家人解釋清楚，別讓他們來找我啊。」

高原攤了攤手說：「我是想跟他們解釋清楚，但是也得他們信我才行啊。」

傅華越發感覺這是個很大的問題，看著高原，說：「你什麼意思啊？怎麼聽起來這個麻煩還挺大的？」

高原點了點頭，說：「是啊，昨天方士傑離開這裏，就給我姐打了電話，把我親你的事跟我姐說，我姐很惱火，非要我解釋清楚這件事情不可。」

傅華疑惑的問道：「這怎麼又牽涉到你姐了，這裏面有你姐什麼事啊？」

高原解釋說：「我姐是我和方士傑的介紹人，她很欣賞方士傑。」

傅華冷笑一聲，說：「是很欣賞方士傑身後的背景吧？」

這時候，傅華大致明白方士傑和高原的關係了，這應該算是一種政商高層的聯姻吧。透過聯姻，方士傑家族就可以借助和穹集團強大的財力，而高氏家族則可以因爲方士傑父親政界方面的雄厚實力，得到政治上的庇護。

這次高原倒沒否認，嘆了口氣說：「是的，我姐就是看中了方家的政治背景，跟我說，如果高方兩家能夠聯姻，高家能夠得到多少多少的好處，要我一定跟方士傑在一起。」

傅華開玩笑說：「你姐既然這麼喜歡方士傑，爲什麼不自己去嫁給他呢？我看你姐可能更適合他吧。」

高原無奈地說：「我姐不行，她已經有未婚夫了。誒，你怎麼知道我姐？」

傅華笑說：「和穹集團的大小姐，北京有名的社交名媛，這我當然知道。不過，我跟你姐並不認識，只是在財經雜誌上見過，奇怪了，你姐那麼有女人味，你們同樣的基因怎麼會有這麼大的不同啊？」

高原笑了起來，說：「反正你就是想說我像男人，是吧？你不是覺得我姐很有女人味嗎，等著吧，我估計很快你就會見識到她本人了。」

傅華看了高原一眼，說：「你姐要來找我？」

高原點點頭，說：「是的，我跟我姐解釋了半天她都不相信，硬說要來跟你談談。」

傅華的腦袋有點大了，他在雜誌上見過高原姐姐的專訪，這個女人雖然外表柔弱，卻是一個手段高超的商界女強人，他實在很不願意去面對一個女強人；何況，現在他在高原姐姐的眼中是個破壞他們家族聯姻的壞人，可以想見這將是一場不愉快的談話。

傅華不禁抱怨：「高原，你看看，這算什麼啊，你自己闖的禍自己收拾不了，還得我給你收拾善後。」

高原笑了笑說：「你也別喊冤了，這禍有一半是你惹出來的。」

傅華大嘆，如果不是他想嚇唬高原，高原也就不會吻他，也就沒有現在這些麻煩了。

傅華說：「你知道你姐什麼時候會來找我嗎？」

高原說：「我不知道，你想幹嘛？」

傅華說：「如果知道的話，到時候我躲起來就是了。」

高原不屑的說：「誒，你就這麼點出息啊？」

傅華笑說：「是，我就這麼點出息。我有種預感，你姐一定是個難纏的人，我還是躲遠一點比較好。」

高原奇怪地問：「你怎麼知道我姐難纏啊？」

傅華笑笑說：「這還用說嗎，你這麼難纏的傢伙都搞不定她，她豈不是更難纏？」

高原大笑說：「看來你是真的怕了我了。」

這時，傅華的手機響了起來，是鄧子峰的號碼，傅華不敢怠慢，趕緊接通了，說：「鄧叔，找我有事？」

鄧子峰笑笑說：「我在省駐京辦呢，過來陪我吃飯吧。」

傅華遲疑了一下，他現在一瘸一拐的，跑去駐京辦肯定會讓徐棟梁笑話，不過鄧子峰提出邀請，他又不能不去，就說：「鄧叔，我馬上就過去，不過，見了面你可不要笑話我一瘸一拐的啊。」

鄧子峰訝異地問：「怎麼了，怎麼會一瘸一拐的呢？」

傅華說：「不小心被東西砸了一下，受了點傷。」

鄧子峰說：「要緊嗎？不然就算了。」

傅華說：「沒大礙了，就是走路有些不方便而已，反正我是坐車去，沒什麼關係的。」

鄧子峰聽了說：「那行，我等你。」

鄧子峰掛了電話，高原問：「剛才跟你通話的是大領導吧？看你那個諂媚的樣子。」

傅華笑說：「被你猜中了，是我們東海省的省長。行了，我不陪你了，我要去省駐京辦了。」

高原說：「你的腳傷成這個樣子還要去啊？」

傅華說：「領導開口了，我不想去也得去啊。不過我的腳沒什麼事了，謝謝關心了。」

高原扁了一下嘴，說：「切，誰關心你啊，別自作多情了。我只是覺得你這樣子還要去拍人家的馬屁，真是夠辛苦的。」

傅華故意笑說：「沒辦法啊，我還指著這個飯碗賺錢養家呢，誰叫我沒有一個好爸爸呢？」

高原嗤了聲說：「去你的吧。誒，我開車送你去吧，看你這個樣子也開不了車了。」

傅華立即搖頭說：「我可不敢坐你的車，你的車太扎眼，我如果坐你的車，不到明天就會有人傳說我和你關係曖昧了。現在這個時機，我想你還是避避嫌疑吧，否則你姐還真以爲我和你不知道是怎麼一個關係呢。」

高原點點頭說：「這倒也是，那我就不管你了。」

高原就離開了傅華的辦公室。傅華讓駐京辦給他派了輛車，好把他送去省駐京辦。

到海川大廈門口的時候，傅華看到一輛黑色賓士開到海川大廈門口，車門開了之後，一個全套香奈兒裝扮的時尚女性走了下來。

女人年紀二十多歲的樣子，打扮得體，一副貴婦模樣。下車後，目不斜視，昂首挺胸，筆直的走進了海川大廈。

傅華一看這女人的樣貌，依稀感覺到跟高原有點像，想起高原說她姐姐要來找他，心中猜到這女人應該是高原的姐姐高芸了。

傅華趕忙坐上車，催促司機說：「快走，我跟人約了見面，現在要晚了。」

司機馬上發動車子，離開了海川大廈。

剛走出去不遠，傅華的手機就響了起來，是林東打來的，傅華接通後，就聽林東說：「傅主任，你在哪裡啊，有一位高小姐來找你。」

果然是她！傅華心說：我走的這麼急就是在躲這位高小姐的，便說：「林副主任，我在去省駐京辦的路上，你跟她說我要在那邊吃飯，讓她改天再來吧。」

林東答應了一聲，就掛了電話。

傅華接著打電話給高原，告訴她：「高原，你姐找過來了，好在我逃了出來。」

高原被逗笑了，說：「被你躲過一劫了，不過，你總不能躲一輩子吧？我跟你說，我姐那人可是做什麼都不達目的不甘休的。」

傅華苦笑說：「當然躲不了一輩子了，反正遇到你們姐妹倆，算我倒楣了。」

第八章

螳螂捕蟬

鄧子峰臉上露出疲態說：「傅華，省長不好幹啊，還是你躲在駐京辦自在啊。」
傅華說：「其實您可以放鬆一下，不用把弦繃得這麼緊，那樣就會輕鬆多了。」
鄧子峰說：「不繃緊不行啊，螳螂捕蟬的故事你知道吧？」

車子很快到了省駐京辦，傅華下了車，一瘸一拐的走進了東海大廈。

徐棟梁正好在大廈的大廳裏，看到傅華這個樣子，便迎了過來，幸災樂禍的說：「誒，傅主任，你怎麼成了鐵拐李了？」

傅華說：「徐主任，你這話說得可有點不對啊，我沒拄拐杖，怎麼成鐵拐李了呢。」

徐棟梁笑了，說：「這倒也是，你究竟是怎麼回事啊，幹了什麼事把腳傷成這樣啊？」

傅華懶得跟他多說，就問：「鄧省長在什麼地方？」

徐棟梁的臉陰沉了一下，皮笑肉不笑地說：「鄧省長在房間裏休息，我帶你過去。」

鄧子峰跟傅華來往密切始終是他的一塊心病，儘管他已經對鄧子峰竭力逢迎了，但是鄧子峰對他依然不冷不熱的，因而對傅華真是又妒又恨。

徐棟梁把傅華帶到鄧子峰的房間，鄧子峰看傅華有些狼狽的樣子，忍不住笑說：「怎麼這麼不小心啊？」

傅華嘆說：「該受的罪，再小心也是躲不過的。」

鄧子峰笑說：「這倒是。徐主任，傅華走來走去的不方便，一會兒就把飯安排在這裏吃吧。」

徐棟梁答應了一聲，就安排去了。

徐棟梁離開後，鄧子峰忍不住打了個哈欠，臉上露出了疲態，說：「哎呀，傅華，省長不好幹啊，我現在覺得真累。想來想去，還是你躲在駐京辦自在啊。」

傅華聽了，勸說：「其實您可以放鬆一下，不用把弦綳得這麼緊，那樣就會輕鬆多了。」

鄧子峰笑笑說：「傅華，不綳緊不行啊，螳螂捕蟬的故事你知道吧？」

傅華點點頭，便背誦了起來：「園中有樹，其上有蟬，蟬方奮翼悲鳴，欲飲清露，不知螳螂之在後，曲其頸，欲攫而食之也，而不知黃雀在後欲啄而食之也。黃雀方欲食螳螂，不知童子挾彈丸在榆下，迎而欲彈之。童子方欲彈黃雀，不知前有深坑，後有掘株也。此皆貪前之利，而不顧後害者也。」

這是《說苑．正諫》中的一段文章，也是「螳螂捕蟬」這個典故的由來。

鄧子峰說：「這典故可不僅僅是說貪前之利不夠後害，其實露水、蟬、螳螂、黃雀、童子正是一條食物鏈，爲了生存，食物鏈上的生物一方面要捕食，一方面還得小心成爲其他生物的食物。官場上也是一樣，我這個省長也是食物鏈上的一環，只要我有一絲的鬆懈，馬上就會成爲被人捕食的食物了。所以你明白我爲什麼這麼累了吧？」

傅華點點頭，很明白鄧子峰在東海省的處境，他現在並不處於東海省政壇食物鏈的最頂端，頂端是東海省省委書記呂紀，而他下面則是孟副省長，夾在中間的他，既要控制住孟副省長，又要防止呂紀對他有什麼不利，因而不得不戒懼戒慎，如履薄冰，始終處於緊綳的狀態。認真說起來，鄧子峰的累不是身體上的累，而是心理的累。

房間的門被敲響了，徐棟梁帶著服務員將午餐送了進來。鄧子峰在這一剎那又恢復了神采奕奕的樣子。傅華知道他是不想在外人面前顯出疲態，看來像鄧子峰這樣的高官也有他們不自在的一面。

午餐很簡單，標準的四菜一湯，徐棟梁退出去後，鄧子峰便招呼傅華吃飯，說：「下午我還有事，我們就不喝酒了，沒意見吧？」

傅華說：「挺好的，我也不是好酒之人。」

鄧子峰說：「那就好。傅華，你知道嗎，蘇南的齊東機場項目進展的不錯，王雙河那傢伙被我訓了一通之後，現在老實多了。你看，實際上，有些潛規則並不是那麼不可克服的，蘇南這次算是給東海省項目招標樹立了一個很好的榜樣。回頭我要讓王雙河總結一下，作爲經驗在全省推廣。」

傅華有些訝異，看來鄧子峰似乎並不知道蘇南與王雙河達成私下交換條件的事。這是怎麼一回事啊？當時他不是建議蘇南，這件事情最好是跟鄧子峰說一聲的嗎？蘇南應該知道這裏面的利害關係，他爲什麼不跟鄧子峰講明白呢？

傅華搞不清楚其間的奧妙，也不好點明蘇南跟王雙河存在著臺面下的交易，只好笑了笑，沒說什麼。

鄧子峰注意到傅華沒有什麼特別的反應，便問說：「怎麼，你不贊同我的看法？」

傅華回說：「鄧叔，我怎麼會不贊同您的看法呢，不過，我覺得這件事不必非要作爲經驗推廣吧。」

傅華怕鄧子峰太過宣揚這件事，等發現這根本就是個假象的話，會讓鄧子峰淪爲政壇笑柄的。

鄧子峰卻誤會了傅華的意思，說：「傅華，怎麼回事啊，你還在介意我用政治影響力施壓王雙河的事啊，我不是跟你解釋過了嗎？我是想樹立一個範本，手段雖然有些不好，但是目的卻是正確的。」

傅華心說：你這個範本本身就存在著很大的問題，把這樣一個有問題的東西視爲範本，等於是把自己變成對手攻擊的靶標，一旦事情真相顯露，你就會發現這個做法有多滑稽可笑了。

傅華暗想等會兒離開後，他要打電話問問蘇南究竟是怎麼一回事。但在這之前，傅華不好拆穿蘇南，就說：「鄧叔，我不是那個意思，我只是覺得你樹立這個範本的作用不大，現在潛規則已經成爲一種習慣，這樣做也改變不了什麼的。」

鄧子峰不以爲意地說：「傅華，你這麼說就不對了，你的毛病又發作了，什麼都向現實妥協。你想過沒有，如果大家都不去爲了改變潛規則這個弊端而努力，這個毒瘤永遠也革除不了。」

傅華不打算跟鄧子峰爭辯，他相信蘇南如果告訴鄧子峰真相，鄧子峰就不會這麼想了。他便笑笑說：「我明白的，鄧叔。」

鄧子峰卻在傅華的神態中察覺到了什麼，看著傅華說：「傅華，我怎麼覺得你今天有點不太對勁啊，你是不是有什麼事在瞞著我啊？」

傅華心想：鄧子峰果然老道，竟然察覺到他在隱瞞什麼，不由得在心裏埋怨蘇南，害他這麼爲難。

傅華掩飾地說：「沒有啊。」

鄧子峰盯著傅華說：「不對，傅華，你這個人不善於撒謊，你的行爲舉止告訴我，你一定隱瞞了我些什麼，是不是蘇南在這次得標中做了什麼不正當的事了？」

鄧子峰一下子點中了問題的關鍵，讓傅華有點左右爲難，如果承認了，等於是出賣蘇南；可如果否認，又等於是欺騙了鄧子峰。

傅華只好苦笑說：「鄧叔，您還是自己問南哥吧。」

傅華這樣等於是承認蘇南有問題了，鄧子峰啪地一聲將筷子拍在桌上，發怒道：「蘇南他敢騙我？」

傅華被鄧子峰的舉動嚇得一哆嗦，他還是第一次看到鄧子峰震怒的樣子，這一刻鄧子峰徹底顯現出作爲封疆大吏的那種威嚴，讓房間頓時充滿了肅殺的氣氛。

傅華現在十分後悔來吃這頓飯，如果鄧子峰因此發作蘇南，那他也得罪了蘇南。

傅華偷看了一眼鄧子峰，小心的說：「鄧叔，您別生氣，南哥也不想這樣的。」

鄧子峰意識到自己有些失態，壓下盛怒的情緒，說：「嚇到你了嗎？」

傅華陪笑說：「我現在才知道您爲什麼是省長了，您這雷霆一怒真是有令風雲變色之威啊。」

鄧子峰被逗笑了，說：「你下句話是不是要說：我是天上有份兒的人啊？」

鄧子峰一笑，屋內的尷尬氣氛馬上就化解了，傅華笑笑說：「鄧叔您真是懂我啊，連我想說什麼都猜到了。」

鄧子峰不禁說：「好了，別拍我的馬屁了。不好意思啊，我剛才不是針對你，我是不高興蘇南竟然會欺騙我。」

傅華替蘇南緩頰道：「其實南哥也不願意這麼做的，但是有些事不是他想怎樣就能怎樣。」

鄧子峰看了看傅華，說：「你老實跟我講，究竟是怎麼一回事？」

傅華不願出賣蘇南，於是說：「鄧叔，我覺得您還是親自問南哥比較好。」

鄧子峰瞪了傅華一眼，說：「我就要問你！你倒挺夠義氣的啊，幫著蘇南瞞著我，你怕傷害了你跟蘇南的友情是吧，難道你就不怕損害我對你的信任嗎？」

傅華苦笑說：「我提醒過南哥，讓他跟您說的，不知道爲什麼南哥沒跟您說，也許還沒來得及告訴您吧。」

鄧子峰眼睛一瞪，說：「你不用幫他掩飾，趕緊說，究竟是怎麼一回事？」

傅華只好硬著頭皮講了蘇南被王雙山脅迫簽下城下之盟的事，鄧子峰聽了，面如冷霜地說：「王雙河這傢伙可真敢啊。」

傅華說：「是啊，南哥當時是迫於形勢，不得不答應他，不過，他決定採用招標的方式來決定材料的供應商。」

鄧子峰冷笑一聲說：「這有區別嗎？那是用合法的形式來掩蓋非法的交易罷了。」

傅華說：「我覺得有區別，有了合法的形式，再要說這是非法的交易，就必須要提供強有力的證據才行的。」

鄧子峰沉吟了一下，狐疑地看著傅華說：「蘇南想不到這一點的，這主意是不是你幫他出的？」

傅華不好意思地說：「鄧叔，什麼都瞞不過你。我跟南哥談到這件事時，他已經跟王雙河達成協議了，所以我也只能幫他出出主意，儘量讓這件事合法一點。」

鄧子峰不禁嘆了口氣，說：「傅華，這件事越發讓我有一種無力感，難道我真的扭轉不了這個局面嗎？」

傅華勸說：「鄧叔，這個局面的形成並非是一日之功，同樣的，要改變它，也不是能一蹴而就的，有時候面對這個形勢不妥協也不行。我認真的思考過南哥的處境，他被王雙河脅迫的時候，我想不出還有別的辦法能夠更好地來處理這件事。」

鄧子峰搖頭說：「我生蘇南的氣不是因爲這個，而是蘇南不該事後不跟我說一下的。還好現在我知道了，否則要是我真的讓王雙河總結經驗然後在東海省推廣，你想這是多大的笑話啊！」

傅華說：「可能是南哥覺得這件事不好跟您講吧。而且，這件事的根源不在南哥，而是在王雙河那裏啊。」

鄧子峰大感震撼地說：「是啊，這個王雙河還真是讓我開了眼了，利益當前，居然連我這個省長都不放在眼中。」

鄧子峰雖然沒說要對王雙河怎麼樣，但是語氣中卻飽含著怨毒，聽得傅華都有一種不寒而慄的感覺，顯然鄧子峰感覺王雙河是捋了他這個省長的虎鬚了，估計這一刻起，鄧子峰一定在琢磨要如何來對付王雙河了。

鄧子峰看了看傅華，問道：「傅華，你認爲我該如何處理這件事。談談你的看法。」

傅華想了一下，說：「我認爲目前最好是什麼都不要做，不要去針對王雙河採取什麼行動，也不要宣揚這次機場競標的經驗，最好是低調處理。」

鄧子峰說：「就這樣嗎？」

傅華說：「這只是表面上的，私底下，我覺得還是應該做一些準備工作。南哥採用王雙河弟弟的建築材料這件事太過顯眼，肯定會有人以此來攻擊您和南哥的，最好是讓南哥準備好應對的後手，以免事情暴露出來，被搞得措手不及。」

鄧子峰又問：「那你覺得如果這件事真的暴露出來時，我這個省長要做什麼呢？」

傅華笑說：「鄧叔，您這是考我啊，我想您心中早就有想法了吧？」

鄧子峰笑笑說：「你說說，看看跟我想的是否一樣。」

傅華說：「我覺得到那時候，您別無選擇，一定會嚴查，而且會一查到底，絕不寬待任何人。」

鄧子峰說：「這是不是也包括蘇南啊？」

傅華搖搖頭，說：「我覺得不一定會查到南哥，南哥是振東集團的董事長，振東集團那麼大，南哥不可能什麼事都親力親爲的，尤其是使用建築材料這部分，相關的項目經理應該就可以決定了吧？」

鄧子峰笑說：「你這傢伙啊，是不是早就想到如何維護蘇南了？」

傅華笑了笑，沒說什麼。

鄧子峰嘆了口氣說：「不過，這件事現在整個性質都變了，我得做些準備，好應對對手可能借此對我發動的攻擊。」

傅華不知道該跟鄧子峰說些什麼，鄧子峰本來是想拿這件事大做文章，現在文章沒做成，反而可能會成爲別人攻擊他的靶標，他的心情自然是不會好了。

鄧子峰突然說：「誒，傅華，你還記得上次那個攔我車喊冤的女人嗎，他有沒有進一步的消息啊？」

鄧子峰一問那個女人，傅華就知道他想到孟副省長身上去了，當初孟副省長去孟森的夜總會玩，陪他的小姐吸毒發生意外死亡，孟森爲了掩蓋真相，居然未經家屬同意就火化了屍體。小姐的母親只好攔了鄧子峰的車喊冤，要求鄧子峰幫他主持公道。只是那個母親始終提供不出什麼有力的證據來，鄧子峰就算有心想要幫她，卻也無能爲力。

鄧子峰會想起這件事，估計也是覺得最有可能拿齊東機場做文章的人就是孟副省長。所以想用這個女人的事來反制孟副省長。

傅華搖搖頭說：「這件事一直沒什麼進展，最近也沒有聽到她的消息，估計是看沒希望，放棄了吧？」

鄧子峰有點失望的說：「這樣啊，這事不解決，我總覺得對那個女人有所虧欠啊。」

傅華想了想說：「鄧叔，我認真想過，我覺得這件事我們是不是找錯方向了？」

鄧子峰的眼睛亮了一下，說：「怎麼說？」

傅華分析說：「您看，如果那個小姐真是與孟副省長在一起時吸毒過量而死的話，那搶救她的醫生和出具屍體火化證明的員警就很有問題，如果從這方面著手，也許可以找到突破口。」

「可是當時涉及的醫生和員警都被審查過，認爲是沒有問題的啊？」鄧子峰立即回說。

傅華卻質疑說：「我不相信這一點，如果沒問題，他們爲什麼不通知家屬就火化屍體了呢？」

鄧子峰聽了說：「你是說，有人在包庇這些醫生和員警？」

傅華點點頭，「我覺得應該是。」

鄧子峰沉吟說：「如果是這樣的話，就更不好查了，恐怕要等他們自己暴露出來才行。」

傅華沮喪地說：「恐怕是的。」

鄧子峰只好說：「這件事暫且先不要去想了。誒，傅華，蘇南跟王雙河之間交易的事，你暫且幫我保守秘密吧，不要跟任何人講，我怕惹出一些不必要的麻煩。」

傅華說：「我知道，不過鄧叔，要不要跟南哥說，您已經知道這件事啦？」

鄧子峰考慮了一會兒說：「這個嘛，你跟他說吧，就說我已經知道了，並沒有怪他的意思，讓他先做好善後的準備吧。」

因爲蘇南父親的關係，鄧子峰也不好太責備蘇南，讓蘇南做好善後的準備，也是因爲鄧子峰出面的話，有些話不好講，他總不能叫蘇南去逃避責任吧?!

傅華便說：「行，我知道怎麼做了。」

跟鄧子峰吃完午餐，傅華就離開了省駐京辦，在回海川大廈的路上，打電話給蘇南，告訴他剛才跟鄧子峰談話的內容。

蘇南聽了，如釋重負地說：「謝謝你傅華，我一直想告訴鄧叔的，卻一直找不到合適的時機，你這下可幫我解決了這個煩人的事了。」

傅華笑說：「別謝我，你不怪我把這件事情跟鄧叔說就好了。」

蘇南說：「哪會啊，我還不知道你嗎?你也是爲了我好。」

傅華聽蘇南這麼說也鬆了口氣，他還真擔心蘇南會怪他出賣他，便笑笑說：「你不介意就好。」

說話間，傅華就到了海川大廈！

下車時，他特別的注意了一下大廈門前停放的車輛，看看沒有上午那輛賓士車，這才放心的走進大廈。

沒想到他剛走到一樓大廳，大廳沙發那裏就有一個女人站了起來，傅華一看，這女人風姿綽約，正是高原的姐姐高芸。

這女人居然會在大廳裏等他，傅華有點頭大了，看來她真有不達目的不甘休的架勢。

他趕忙低下頭往裏走，想要蒙混過去。沒想到高芸直接衝著他喊道：「傅主任，你好。」

傅華看沒法迴避了，只好停下腳步，笑笑說：「您是？」

高芸冷笑一聲，說：「傅主任，別裝糊塗了，你肯定知道我是誰的。」

傅華心說這女人雖然看上去很貴婦，但是說話就跟她妹妹一個德行，一開口就這麼刻薄，不知道高穹和是怎麼教她們的。

傅華就有心給高芸一個釘子碰，笑了笑說：「不好意思，恕我眼拙，你很有名嗎，還是我們認識？」

高芸看了傅華一眼，冷哼一聲說：「傅主任，你這就沒意思了吧，我就不信我妹妹沒跟你說我要來找你。」

傅華決定糊塗裝到底，說：「我不懂你什麼意思，你究竟是誰啊，麻煩你能不能報一下名頭啊？」

高芸瞪了傅華一眼，說：「你非要裝糊塗是吧，好，我告訴你，你聽好了，和穹集團高芸，現在你知道我是誰了。」

傅華說：「哦，我知道了，你是高原的姐姐啊，早說嘛，你別怪我沒認出你來，你跟高原可是一點都不像啊。」

高芸沒好氣的說：「你以爲我跟她一樣像個男人嗎？」

傅華笑說：「這可是你說的，回頭我要跟高原說，看來不光我認爲她像個男人，她姐姐也認爲她像男人。」

高芸不耐地說：「你廢話說完了嗎？」

傅華很看不慣高芸這副盛氣凌人的樣子，臉上的笑容收斂起來，冷冷的說道：「說完了，請問你有什麼指教嗎？」

高芸說：「別裝了，你明知我的來意，我們找個地方坐下來談一談。」

傅華心說：你要跟我談，我就跟你談啊?我又不是你的屬下，便說：「對不起，改天吧，我下午還要工作。」

高芸就有點火了，說：「姓傅的，你別太過分啊，我在這裏已經等你很久了。」

傅華反問說：「我要你等了嗎？」

高芸氣得罵道：「姓傅的，你別給臉不要臉啊，你別以爲我不知道你是什麼人，一個有婦之夫，成天拈花惹草的，算什麼東西啊。」

傅華也惱火起來，高家二姐妹果然沒有一個善類，反擊說：「高大小姐，請你注意一下自己的形象，你總算是個上流名媛，站在這裏跟潑婦罵街一樣，成何體統啊。」

「你……」高芸氣得說不出話來，她沒想到傅華居然敢指責她。

傅華看了看一臉通紅的高芸，覺得該教訓這女人也教訓得差不多了，就說：「對不起，我真的有工作要做，先走了。」

傅華說完，轉身就要離開，沒想到高芸一把拉住傅華的胳膊，說：「等一下，你想就這麼脫身，沒那麼容易。今天你必須要給我一個說法，否則我不會放你走的。」

傅華被高芸這麼一拉，差點摔倒，瞪著高芸說：「跟你說了我沒時間，改天不行嗎？」

高芸卻執意說：「不行，改天你不知道會躲哪裡去了，你今天必須給我一個交代。」

傅華真有有理說不清的感覺，忍不住說：「別拉拉扯扯的行嗎？你要什麼交代啊？」

這時大廈的保安走過來問道：「傅主任，怎麼回事啊？」

傅華本來想要保安將高芸趕出海川大廈，可是轉念一想，還是要顧及高原的面子，而且那樣會顯得自己很心虛，好像真的跟高原有什麼一樣。

傅華冷靜下來，對保安說：「沒事，這位小姐有話要跟我說，你忙你的去吧。」

保安就離開了，傅華對高芸說：「好吧，你要談我就跟你談，走，跟我去辦公室吧。」

高芸這才鬆開傅華，去了傅華的辦公室。

坐下來後，傅華看了看高芸，說：「本來我以為你這麼時尚的一位女士，應該比高原懂禮貌才對的，沒想到也是一個德行。」

高芸冷笑一聲，反唇相譏說：「禮貌要看對什麼人，對行為卑劣的人無需有禮貌。」

傅華笑說：「高小姐的邏輯很滑稽啊，你的意思是：對什麼樣的人就採取什麼樣的態度了？」

高芸不疑有他地說：「當然是啦。」

傅華說：「這麼說，狗咬你的話，你也會咬狗了？」

高芸反問道：「那你是自認爲是狗了？」

傅華被嗆了一下，他沒想到會把自己給兜進去，說：「高小姐反應很快。好了，我也不想跟你廢話，你想跟我談什麼吧？」

高芸說：「你應該很清楚我要跟你談什麼。」

傅華心說：我當然清楚，不過，我如果說清楚的話，那談話的主動權就被你掌握了，我可不幹。就搖搖頭說：「我不清楚，還是高小姐你來說明一下來意吧。」

高芸看了傅華一眼，說：「我來是爲了你昨天跟我妹妹發生的事。」

高芸這時才意識到傅華不簡單，這傢伙很有頭腦，一開始故意激怒她，讓她無法冷靜下來，因而被牽著鼻子走。她有些不甘心，想奪回談話的主動權，於是只說了個開頭，就不往下說了，等著傅華把話接下去。

哪知道傅華早已看穿她的企圖，並不接招，只是看著她，攤開雙手說：「SO？」

高雲暗罵傅華滑頭，只好氣哼哼地說：「就是你跟我妹接吻的事，你已經是結婚的人了，應該忠於你的妻子，爲什麼還去騷擾我妹？」

傅華笑笑說：「高小姐，雖然你是和穹集團的千金，但是也不能說話不負責任，誰跟你說是我騷擾你妹妹了？」

高芸哼了聲說：「難道不是嗎？」

傅華嘻皮笑臉地說：「當然不是啦，你都說是接吻了，接吻需要男女互相配合才行的，又怎麼能說是我騷擾你妹妹呢？」

「無賴！」高芸按捺不住火氣，罵說：「虧你還是一個政府官員呢，怎麼可以這麼無恥啊？我要向你的上級投訴你的行爲，你這樣的人根本應該被趕出去才對。」

高芸這下抓住了關鍵，傅華自然不想把這件事鬧到海川市政府去，便趕忙說：「好了高小姐，我剛才是跟你開玩笑的。你罵錯人了，事實上我才是那個被騷擾的人，好嗎？」

高芸嗤之以鼻地說：「胡說八道，你也不看看自己什麼模樣，我妹妹會騷擾你？」

傅華苦笑說：「也不是你妹妹想騷擾我，我就倒楣在那天去你妹妹辦公室的時候，不該正好碰到方士傑來找你妹妹。你妹妹爲了擺脫方士傑，故意拿我來演戲的，你明白嗎？」

高芸不相信地說：「你糊弄誰啊，我妹妹演戲也不用做那麼大的犧牲啊？」

傅華喊冤說：「我對你們高家的財富可沒興趣，所以根本就不會去喜歡一個像你妹妹那樣的女人。高小姐，你也是有頭腦的人，用心想想就知道是怎麼一回事了，實在不信，你可把你妹妹叫來對質。」

高芸仍是狐疑地說：「你的說法跟我妹妹說的倒是相符，你們倆個是不是事先串通好了的啊？」

傅華忍不住說：「高小姐，你不會連自己的妹妹也不相信吧？你就那麼希望你妹妹嫁給方士傑？是不是在你心中，把家族利益看得比妹妹還重要啊？」

高芸不認輸地說：「你也看到方士傑了，要容貌有容貌，要家世背景有家世背景，我妹妹跟他那麼般配，我這麼做是幫她，可不是害她。」

傅華搖搖頭說：「就算他再完美，你妹妹不喜歡也是枉然。現在這個時代可不是以前那種封建時代了。」

高芸說：「你不懂的，我們這樣的家庭，婚姻是不能由著自己的性子的。」

傅華笑說：「這我就不便干涉了。我只是一個無辜被你妹妹拉進來當擋箭牌的傢伙，所以你也不要揪著我不放，實話說，我對你妹妹真的一點意思都沒有。」

高芸這時冷靜下來，覺得也許這真是一場誤會，就站起來說：「對不起啊，剛才冒犯了，行，那我就不打攪你了。」

傅華笑笑說：「無所謂。不過，有句話我想說一下。」

「什麼話？」高芸問。

傅華說：「我不知道高小姐是怎麼想的，但是我個人覺得，現今的和穹集團應該無需通過聯姻來鞏固貴公司的地位吧？古時候聯姻、和親之類的把戲，都是弱者為了保住自己的地位才會這麼做。難道說和穹集團名不副實，內部已經出現危機了？」

高芸眼睛又瞪了起來，說：「胡說！和穹集團情況好著呢。」

傅華笑笑說：「那是我誤會了。好了，不送了。」

高芸姿態高傲地說：「你不用攆我，我自己會走的。」就踩著優雅的步子離開了。

傅華在後面看著她窈窕的身段，心想：她如果不是這麼盛氣凌人，應該算是不錯的一個女人，起碼比高原強。

第二天上午，高原滿面春風的來到傅華的辦公室。

傅華立即虧她說：「你還好意思來啊，昨天你姐來登門問罪了，你知道嗎？」

高原點點頭說：「我知道啊，我姐跟我說了。」

傅華說：「那你是不是應該先跟我說聲對不起啊？她昨天對我的態度可不是很好啊。」

高原笑說：「憑什麼啊？禍又不是我一個人惹出來的，你不是跟我姐說了嘛，接吻是男女兩人相互配合的事。」

傅華一下無語了，沒想到高芸居然把這些話跟高原說了。

高原反問道：「怎麼，敢說不敢認啊？」

傅華回說：「我沒什麼好不敢認的，不過我這麼說沒別的意思，就是氣你姐說我騷擾你罷了。」

高原笑笑說：「你別緊張，我也沒說你有別的意思啊。傅華，我沒想到你還挺酷的嘛。」

傅華愣了一下，不知道高原意指爲何，說：「我什麼挺酷的啊？」

高原說：「你別不承認啊，我姐查過你，你還被人拍過裸照放到網上是吧？那些照片我看了，你的身材還不錯嘛！」

傅華臉上紅了起來，也有些惱火，高芸居然調查他，這個女人實在太過分了。他氣結地說：「我那是被人算計了才會拍下那種照片，你姐也是的，有必要把那些陳年的爛事都翻出來嗎？」

高原不以爲意地說：「哎呀，其實也沒什麼啊，不就幾張照片嘛，人體本就是上天賦予我們最美好的東西，這沒什麼好羞恥的。」

傅華苦笑了一下，說：「小姐，這裏可不是美國，你這些觀點在這裏是行不通的。好啦，這是我一段羞辱的過往，我不想再談了。你今天來找我，有什麼事嗎？」

高原說：「我來找你，是想跟你說聲謝謝的。」

傅華愣了一下，看看高原的神情，不像是說假話的樣子，就說：「我沒聽錯吧，你跟我說謝謝？今天太陽是從西邊出來了嗎？」

高原笑說：「你沒聽錯，今天的太陽也不是從西邊出來的，我是真心來向你表示感謝的。你知道嗎，我姐說不再逼我去跟那個方士傑交往了，這都是你的功勞，所以我要向你表示感謝。」

看來昨天自己對高芸說的那番話起到作用了，高芸一定是認爲和穹集團的確不需要非要跟方家聯姻，所以才放了高原一馬。

傅華故意說：「其實你是對自己沒有一個清醒的認識，如果你看清楚，就不會覺得這是一件好事了。」

高原納悶地說：「你想說什麼？」

傅華笑笑說：「其實方士傑那小夥子挺帥的，家世又好，他找什麼樣的女人沒有啊？他能喜歡上你，可是你的造化。」

高原臉色沉了下來，罵說：「滾一邊去，你的腳不痛了是吧？要不要我再給你補上一腳啊？」

傅華趕忙告饒說：「別別，我說的是事實嘛。」

高原沒好氣的說：「我就知道你這傢伙想故意惹我生氣，我偏不上你的當。其實你說的很對，方士傑長得不錯，家世又好，他想找什麼樣的女人都有。我自問也不是什麼溫柔體貼、相貌姣好的女人……」

「你這話說得倒還有自知之明。」傅華插嘴說。

「去，」高原說：「我在說話呢，你別瞎插嘴。這就是問題所在了，按理說，方士傑不應該看上我才對，但他偏偏表現得很殷勤，那只能說明他看上的不是我這個人，而是我們家的財富。這種爲了利益而來的男人，將來也會爲了利益捨我而去的，我才不會那麼傻去接受他呢。」

傅華衝著高原豎起了大拇指，稱讚說：「你能看到這一層真不簡單啊。」

高原嘆說：「其實我姐也不是看不透這一點，只是她更願意爲家族著想，她是想協助我父親，把和穹集團打造成國內頂尖的集團公司。爲此，她願意做出很大的犧牲。」

傅華問：「包括你和她的終身幸福嗎？」

高原點點頭說：「是的，我姐認爲愛情是虛幻的，根本就靠不住，財富才是最可靠的東西，有了財富，才能給你富足的生活。」

傅華聽了猜說：「不用說，你姐一定在感情上受過傷害，所以才會變得這麼實際。」

高原愣了一下，說：「你怎麼知道的？我姐當初還真是有一段愛得死去活來的感情，那時候我們和穹集團還沒發展成現在這個規模，只是一個小公司，那男人攀上了一個富家千金，就把我姐給甩掉了。」

傅華開玩笑說：「這個男人現在一定後悔得要命吧？和穹集團的財力現在可沒有幾家能比的。」

高原笑笑說：「是啊，跟現在的和穹集團相比，那個男人攀上的那個富家千金根本不值一提。」

傅華說：「這麼說，你姐現在的未婚夫，家裏一定很有實力囉？」

高原說：「那當然啦。我姐的未婚夫是『天策集團』的太子爺，你說有沒有實力？」天策集團是國內飲料業的執牛耳者，集團擁有者胡瑜非的父親是開國元老，胡瑜非算是高幹子弟。家族聲名赫赫，是國內排名靠前的幾大家族之一，確實是很有實力。

傅華說：「你姐倒是攀了一門好親事啊。」

高原卻嘆說：「可是我看得出來，他們倆在一起並不是那麼幸福，她的未婚夫是個風流的傢伙，身邊老圍著不少的花花草草。他接受我姐，也是家族的安排。有時候我看他們兩人在人前裝出來的那種恩愛樣，真是假到了一個不行，你說他們在一起不是受罪又是什麼？這種日子我姐能過下去，我可不行。」

傅華笑說：「所以你才拒絕了方士傑，是吧？」

高原點點頭說：「是啊，我看不慣方士傑身上那種高官子弟的優越感，有個好爹了不起啊?!」

傅華笑說：「這不需要問別人，問問你自己就好了，你就是有個好爸爸的那種人，沒好爸爸，你拿什麼玩哈雷車啊？」

高原笑了起來，說：「這倒也是，不過我的脾氣可不像他們那樣跩啊。」

傅華回嘴說：「我可不覺得，我覺得你們姐妹倆的脾氣都是那種臭得要命的那種。」

高原眼睛瞪了起來，說：「你找打啊？」

傅華笑說：「你看，這不就現形了嗎？」

高原兩手一攤說：「行了，我不跟你貧嘴了。誒，找個時間請你吃飯吧，算是謝謝你幫我跳出苦海。」

傅華害怕地說：「算了吧，我可不想再讓你姐誤會。」

高原不滿地說：「就是吃頓飯，我姐能誤會什麼啊？」

傅華笑笑說：「還是不要了。你知道兩個人單獨在一起吃飯很彆扭的，尤其是你動不動就瞪眼睛的，我怕會消化不良的。」

高原笑罵道：「去死吧你，誰動不動就瞪眼睛啊。」

這時有人敲門，傅華喊了聲進來，喬玉甄推門走了進來。看到高原，愣了一下說：

「咦，你有客人啊？」

傅華說：「也不算客人了，來，我給你介紹，這位是新入駐海川大廈的業主高原，這位是喬玉甄。」

喬玉甄笑著跟高原握了握手，說：「就是你買下了通匯集團手裏的股份啊，幸會，幸會。」

高原上下打量了一下喬玉甄，問：「請問你跟傅華是？」

喬玉甄笑笑說：「朋友。」

高原聽了說：「那我就不打攪你們了，傅華，我先走啦，改天再一起吃飯吧。」

高原走後，喬玉甄不禁笑說：「這個高原是挺像男孩子的，不過看上去挺陽光的一個人，不像你說的很麻煩的樣子啊。」

傅華笑說：「麻煩的那一面你沒見到呢。看到我腳沒有，就是被她踩的。」

喬玉甄這才注意到傅華還有些發腫的腳背，有點不相信的說：「這真是她踩的？」

傅華點頭說：「當然啦，我騙你幹嘛？」

喬玉甄訝異地說：「這女人可夠狠了，誒，她為什麼踩你啊？不會是你跟她之間有什麼吧？」

傅華不想跟喬玉甄細說其中的原委，就笑笑說：「去，她跟男人一樣，我怎麼會跟她有什麼呢，就是因為言語上的不和，她就給了我一腳。誒，你來找我幹什麼？」

喬玉甄笑了笑說：「想跟你出去慶祝一下。」

傅華問：「慶祝什麼啊？」

喬玉甄說：「你還記得我讓湯言幫我收購股份的事嗎？」

傅華點點頭，說：「記得，這麼說你收購成功了？」

喬玉甄點點頭，說：「祝賀我吧，我現在是『修山置業』的控股股東了。」

修山置業是一家規模不是很大的上市公司，主業是房地產，在股市房地產業排行中，屬於中下游的公司。

傅華注意到喬玉甄面色紅潤，又恢復了往日那種自信的神采，看來成功收購修山置業象徵著喬玉甄再次敗部復活。

傅華高興地說：「小喬，這真是值得慶賀的事，恭喜你終於重新振作起來了。」

喬玉甄眼中閃著淚花，點點頭說：「是啊傅華，我又重新站起來了。謝謝你，是你這段時間的開解，讓我度過了人生中最難熬的一段歲月。」

傅華說：「其實我也沒做什麼，就是陪你吃吃飯，聊聊天什麼的，說到底，我還賺了不少好飯吃呢。」

喬玉甄笑了起來，說：「你總是這麼謙虛，在那些人都在躲我的時候，只有你還肯跟我聯繫，肯出來陪我吃飯，這份情誼，我會永遠銘記在心的。」

傅華聽喬玉甄這麼高度的評價他，趕忙說：「千萬別這麼說，你這麼說，我感覺自己好像很偉大一樣。」

喬玉甄笑說：「你對我來說就是很偉大嘛。」

傅華說：「既然我這麼偉大，那今天這一頓我可要吃最好的。」

喬玉甄打趣說：「看你這點出息，吃頓最好的就夠啦？」

傅華開玩笑說：「不夠的話，你還能給我什麼啊？」

喬玉甄斜睨了傅華一眼，挑逗地說：「我能給的多了，問題是你敢拿嗎？」

傅華看到喬玉甄挑逗的眼神，趕忙躲閃開，說：「好了，小喬，別玩了，說吧，去哪裡吃飯。」

喬玉甄看了說：「膽小鬼，這樣你就害怕啦？吃飯還不急，我還有事想跟你說。」

「什麼事啊？」傅華問。

喬玉甄說：「你手頭有沒有現成的資金啊？」

傅華疑惑的看了看喬玉甄，心說她不會是要跟我借錢吧？就笑笑說：「不能說一點都沒有，不過數目不大，你要用嗎？」

喬玉甄笑了起來，說：「你不用怕，我不是要跟你借錢。我的意思是，如果你這筆資金沒什麼急用的話，不妨投進股市。」

傅華說：「你是叫我買修山置業的股票？」

喬玉甄點點頭說：「修山置業最近將有一連串的大動作，現在買的話，不會吃虧的。」

傅華明白喬玉甄的意思了，她這是在透露內線消息給他，想來她買修山置業絕對不會僅僅是看上這個公司本身的價值，而是想要以這個公司的資源來做操作的。難道說她要操盤炒作修山置業？

傅華質疑說：「小喬，你不會是想要進入股市坐莊吧？」

喬玉甄笑說：「不是，傅華，我是真的想通過修山置業做些事情，這家公司就會迎來跨越性的發展，股價必然會有一個很好的表現。你可以買一點，就當賺點零花錢。放心吧，這沒有什麼問題的。國家並不禁止官員買股票的吧？」

傅華搖搖頭說：「國家是不禁止官員買股票，但你這是涉嫌利用內線消息炒作不法利益，算了小喬，你的好意我心領了，我還是不參與這件事比較好。我不想把生活搞得這麼複雜。」

喬玉甄笑說：「我就猜到你會這麼說！好吧，這件事就當我沒說。不過下面這件事，你肯定不會拒絕我的。」

傅華笑了起來，說：「你怎麼這麼肯定啊，究竟是什麼事啊？」

喬玉甄說：「我不是跟你說修山置業將會有一連串大動作嗎？他們現在看好二三線

城市的地產業，特別是那些環境很好，房產業還沒有過度開發的城市。你明白我的意思了吧？」

傅華說：「你的意思是，你想在海川市開發項目？」

第九章

慈善義賣

發表會進行了一個多小時後，現場音樂一停，
主持人宣布發表會進入最後一個環節——慈善義賣，
來參加發表會的時裝師們，每個人都捐出一件作品義賣，
義賣得到的善款，將捐助給貧困山區的兒童，興建希望小學。

喬玉甄笑笑說：「是啊，有朋友跟我推薦海川市，我看了一下，海川各方面的條件還不錯，你又有招商任務，我不妨去湊湊熱鬧，幫幫你的忙。怎麼樣，歡迎嗎？」

傅華說：「當然歡迎了。」

喬玉甄埋怨說：「誒，我可是要去幫你的忙，怎麼覺得你好像不太歡迎啊？」

傅華笑笑說：「別說得那麼好聽，我相信你不會是純粹基於友情才這麼做的。」

喬玉甄說：「那當然，我是商人，商人以圖利爲第一準則，沒有好的收益，我是不會考慮去海川的。」

傅華知道她肯定不會毫無目的就跑去海川考察的，就說：「你是不是已經有目標了？」

喬玉甄笑說：「傅華，你還真瞭解我，是啊，我已經有目標了，我看中海川市濱海郊區的一塊灘塗地，想在那裏打造一片高品質的海景社區。」

傅華愣了一下，說：「灘塗地能開發房地產嗎？」

喬玉甄說：「可以啊，我們可以用填土的方式，將它改造成適合開發房地產的地啊。」

傅華聽了說：「那成本可就高了。」

喬玉甄笑笑說：「成本是不低，不過我想打造的是高檔社區，成本還是可以透過房價消化掉的。」

傅華說：「小喬，聽你這麼說，你的開發方案似乎已經很成熟了，不會是修山置業早就有這個計畫吧？」

喬玉甄說：「當然不是，這個方案是呂先生搞出來的，他們公司的人考察過那塊灘塗地，認爲這個開發案可行。不過他考慮成本太高，不敢啓動這個項目，就問我有沒有興趣，我就想先去海川考察看看。」

傅華說：「原來是這樣。」

喬玉甄又說：「誒，傅華，你跟你們的市委書記金達關係怎麼樣？能不能幫我介紹認識一下？你知道這麼大的投資，我必須要做到心中有底才行的。」

傅華說：「我跟他以前關係不錯，但是最近疏遠了很多，你要我幫你介紹可以，但是他能不能像你期望的那樣子幫忙，就很難說了。」

傅華了解喬玉甄想要結識金達，一定是想從金達那裏獲取極大的好處。這是傅華沒法保證的，何況他跟金達有好一段時間都沒有聯繫過了。

喬玉甄聽了說：「既然這樣，那我可能就需要找別的管道了。」

傅華心想以喬玉甄的能力，絕對能找到跟金達溝通的管道，因此也就不再說什麼。

中午，兩人去找了家飯店吃飯，吃完飯，喬玉甄就跟傅華分開了。

傅華回到駐京辦，剛在辦公室坐下來，羅雨就過來跟他說，接到市委通知，金達明天要到京公幹，希望駐京辦做好接待的工作。傅華心說：也還真巧，剛剛喬玉甄正提起要見金達，金達就要來北京，這兩人很有緣啊。

傅華就讓羅雨吩咐下去做好接待工作，尤其是金達在京期間，駐京辦的工作人員一定要打起十二分的精神，確保工作不要出什麼差錯。

安排好之後，傅華打電話給喬玉甄，跟喬玉甄說金達要來北京的事，如果喬玉甄要跟金達見面，是個很好的機會。

第二天上午，傅華在機場接到金達。見面時，傅華問候了金達，金達也很有風度的回說：「麻煩你了，傅華。」

兩人算是彬彬有禮，臉上也帶著笑容，但是笑容裏沒有絲毫溫度，反而更表明兩人關係的疏遠。傅華不免有些唏噓，他跟金達會搞到這樣子，他也有責任；不過，有些東西就像潑出去的水一樣，一旦失去就很難收回來了。

傅華將金達接回海川大廈，開了房間讓金達休息，然後說：「金書記，我在駐京辦那邊，有什麼事您打電話給我吧。」

金達說：「行，你去忙吧，有需要我會找你的。」

傅華就退出了房間，金達臉上的笑容馬上就收了起來。他的心裏也很彆扭，但是他自認對傅華已經仁至義盡了，傅華這樣對他，太過分了。

剛從飛機上下來，金達感覺渾身都有些疲憊，就想洗個澡稍微休息一會兒。這時他的手機響了起來，是郭奎打來的，趕忙接通了。

郭奎經過一段時間的過渡，現在正式接任人大秘書長，政治生命又一次獲得延續。

「金達，你到北京啦？」郭奎爽朗的聲音傳了出來。

金達回說：「是的，郭書記，剛到，我來北京參加會議，正想回頭去看您呢。您最近身體還好嗎？」

郭奎說：「還不錯，就是血糖有點高。」

金達聽了說：「那您要多注意一下飲食了。」

郭奎笑笑說：「也沒什麼，上了年紀都這個樣的。誒，你晚上有空嗎？」

金達說：「有空啊，您有什麼事嗎？」

郭奎說：「那我們晚上一起吃個飯吧。」

金達爽快地答應說：「行啊，您說去哪裡，我去找您。」

郭奎說：「也別麻煩了，就在你們駐京辦吃吧，我有點想吃你們海川的海鮮，回頭七點鐘我過去找你。」

金達趕忙回說：「行，我在這裡等您。」

郭奎要來，金達不敢怠慢，也不休息了，趕忙打電話讓傅華過來一趟。

傅華剛回到辦公室就接到金達電話，讓他還以爲什麼地方出岔子了呢，趕忙回到金達的房間。

一進門，金達就說：「傅華，晚上郭奎書記要過來吃飯，你讓海川風味餐館好好安排一下，做好接待郭書記的準備。」

傅華應道：「好的，那您看按照怎樣的原則安排呢？」

金達不滿地瞅了傅華一眼，說：「你做了這麼多年的接待工作，什麼原則心中應該有數啊，郭書記一向崇尚簡單，你就按照少而精緻的原則去安排吧。」

傅華心中彆扭了一下，金達這是借機發作，本來簡單回答「少而精致」就行了，他非要酸他一句，似乎不這樣就顯不出他市委書記的權威似的。

傅華不想再跟金達發生言語上的衝突，就笑了笑說：「行，那我就按照這個原則去安排了。」

金達又交代：「回頭安排好了，把菜單拿給我看看。」

傅華就去餐館廚房去做了安排，選了幾樣剛空運來的海鮮，搭配時令蔬菜，然後把菜單送給金達審閱。金達認真的看了，確認沒什麼問題，這才讓傅華按照餐單上的去準備。

晚上七點不到，金達和傅華便早早的在海川大廈門口等候郭奎。

七點準，郭奎的轎車準時到了海川大廈。金達和傅華快步迎了上去，金達給郭奎拉開車門，郭奎從車上下來，跟金達握了握手，說：「等很久了吧？」

金達趕忙說：「沒有，我也是剛出來。」

郭奎又伸手跟傅華握了手，說：「小傅同志，今晚給你添麻煩了。」

傅華笑笑說：「郭書記，看您這話說的，您能來吃飯是海川駐京辦的榮幸，我們歡迎都來不及了，又怎麼會嫌麻煩呢？」

這時，從車上又下來一個女人，傅華一看，不由得愣了一下，這女人居然是喬玉甄！他馬上就明白郭奎今晚之所以過來，就是爲了幫喬玉甄跟金達牽線搭橋的。

喬玉甄果然神通廣大，居然能夠搬動郭奎爲她出面。他更佩服喬玉甄居然能夠找到郭奎，郭奎可以說是金達的貴人，金達能做到海川市市委書記的位置上，郭奎功不可沒，因而金達再怎樣也得給郭奎幾分面子。

郭奎說：「金達啊，我給你介紹一個朋友，這位是香港『東創實業』和『修山置業』的董事長喬玉甄女士，她計畫要在海川投資開發地產，想來跟你認識一下。所以我就把她帶來了，你不會嫌我冒昧吧？」

金達笑笑說：「您這是說那兒的話啊，您給我帶來一個開發商，這是對我工作的大力支持啊。」

喬玉甄優雅的伸出手來，對金達說：「早就聽說金達書記是個學者型的官員，今天一見，果然名不虛傳啊。」

金達跟喬玉甄握了手，寒暄著說：「喬董客氣了，很高興能夠認識您。」

喬玉甄笑笑說：「我也很榮幸能夠認識您。」

喬玉甄跟金達握完手後，轉身對傅華說：「傅主任，我們又見面了。」

傅華點點頭說：「是啊，喬董，歡迎你光臨我們海川駐京辦。」

郭奎訝異地說：「小傅，你們倆早就認識？」

傅華說：「是的郭書記，以前我跟喬董接觸過。」

喬玉甄解釋說：「郭秘書長，我忘了跟您說，我之所以想要投資海川搞房地產開發，也是因爲傅主任對海川市的大力推薦呢。」

喬玉甄這麼說，巧妙地將她要投資海川的績效歸功於傅華，似乎是傅華招商引資工作做得好，她才會決定要在海川投資的，這也是在送人情給傅華。

郭奎稱讚說：「小傅啊，你招商引資的能力確實很強，當初融宏集團的陳董不就是因爲你才在海川投資的嗎？」

當時，郭奎是東海省的省長，在融宏集團考慮二期投資時，出面幫海川做過陳徹的工作，因此對這件事印象深刻。

傅華不禁說道：「您還沒忘記這件事啊？」

「融宏集團落戶東海，當時可是很轟動的，我怎麼能忘呢？小傳，你工作做得很出色，繼續努力啊。」郭奎鼓勵傅華說。

傅華聽了，立刻說：「謝謝郭書記的鼓勵，我會再接再厲的。」

談話間，幾人來到餐館的包廂，這期間，金達雖然臉上掛著笑容，卻沒有在郭奎表揚傅華時隨聲附和，顯得很冷淡。

進了包廂後，傅華看金達沒有讓他留下來一起參加晚宴，就知趣的說道：「郭書記你們吃，我去廚房安排一下。」

郭奎卻說：「小傅，別那麼麻煩了，坐下來一起吃吧。」

傅華掃了一眼金達，金達臉上面無表情，沒有明確的是或否的表示，他就明白金達並不想他留下來，便笑笑說：「郭書記，喬董是臨時加進來的，所以我得去安排一下菜色。」

郭奎說：「那行，你去安排吧，不過安排完了，可要回來啊。」

傅華就退出了包廂。安排完菜色，他並沒有回到包廂。他也不差這頓飯吃，不想自討沒趣。

此刻，包廂裏，金達和喬玉甄卻是相談甚歡。喬玉甄向金達表明她要開發的具體內容，金達很感興趣，當即表示會大力支持。其實只要項目不是明顯違法，金達都會表態支持的。何況喬玉甄是郭奎引薦的人，就算是爲了郭奎的面子，他也會給予支持的。

喬玉甄也看出金達確實對傅華很有意見，心中對金達的小肚雞腸頗爲看不起。不過她有求於金達的支持，自然不會因爲傅華去開罪金達。

喬玉甄待人接物確實有一套，加上相貌姣好，又受過很好的教育，談吐不俗，讓金達對她傾心不已，一再說喬玉甄去海川的話，他會好好招待她。這對一向保守的金達來說，是很難得的一種表現了。

晚宴的時間不長，主要是因爲有郭奎這個領導在場，金達和喬玉甄不好敞開來聊，郭奎說要結束，金達和喬玉甄自然不能說要繼續。

傅華雖然沒有參加晚宴，卻一直在餐館外面等候著，晚宴結束時，郭奎從包廂出來看到傅華，還說：「你這個小傅，怎麼沒有回來跟我們一起吃啊？」

其實郭奎這也只是客套的問話而已，如果他真想讓傅華參加，大可以出來找他的，這麼說不過是想表現體恤下屬的意思，不必當真。

傅華便笑笑說：「郭書記，我回不回去無所謂，只要您能吃得滿意就行。怎麼樣，飯菜還合您的口味嗎？」

郭奎點頭說：「飯菜挺好的，海鮮很新鮮，我很喜歡。」

傅華就陪金達將喬玉甄和郭奎送上轎車。傅華注意到金達在跟喬玉甄握手告別的時候，臉上居然滿是笑意，還熱情地邀約喬玉甄儘早去海川實地考察，讓傅華大跌眼鏡。他不得不暗自佩服喬玉甄手腕高明，居然讓金達這個古板的人也對她有所心動了。

也許是因爲喬玉甄讓金達心情愉快的緣故，送走郭奎和喬玉甄後，金達居然帶著笑意對傅華說：「行了，你不用陪我上去了，時間不早了，收拾一下早點回家吧。」

傅華就自行開車回家。半路上，接到了喬玉甄的電話。

喬玉甄說：「傅華，我發現你們這位市委書記對你真是怨念很大啊，連郭秘書長開口留你下來參加晚宴，他居然還不表態。」

傅華不以爲意地說：「他可能是覺得本來就沒我的事，留下來也是陪客吧？其實這種場合我也不適合留下的。」

喬玉甄說：「這種場合也不適合談什麼重要的事，多你一個不差的，更何況我還說了是因爲你才對海川市感興趣的，禮貌上金達也應該把你留下才對，他不開口，只能說他這個人氣量太狹窄了。」

傅華笑說：「小喬，別這麼說人家了，我看他對你印象倒是十分好。你不知道金書記這個人，他對女人一向保持距離。除了他老婆，我看你是唯一讓他表現這麼熱情的女人了。」

喬玉甄反問說：「你不覺得這證明了我的魅力非凡嗎？你不珍惜我，不代表別的男人也不珍惜的。」

傅華說：「我不是覺得你沒有魅力，而是覺得我已經失去珍惜這種魅力的機會了。好了，看金達的態度，你去海川他一定會給予大力支持的，這下子你心中有底了吧？」

喬玉甄忍不住說：「你又偷轉話題了。」

傅華迴避說：「我這不是想問你什麼時候要去海川考察，好做好準備工作嗎？」

「膽小鬼，連多跟我說幾句話都不敢，你要是這樣子，我可生氣了，我決定不去海川了。」喬玉甄故意賭氣說。

傅華知道喬玉甄這是在跟他開玩笑，喬玉甄向來做事目的明確，絕不會因爲感情上的因素去改變商業上的決定，就笑說：「別呀，我們的金書記還在翹首以盼，等著喬董蒞臨海川呢。你不去了，我們的金書記可會很失望的。」

喬玉甄笑罵說：「去你的，你這麼說，好像我跟金達有什麼關係似的。」

傅華笑說：「現在沒有，不代表以後不會有啊。」

喬玉甄正色說：「傅華，別瞎開玩笑，我感覺你們這位市委書記還是挺有能力的。看得出來，他除了度量小了點之外，爲人處事還是很嚴謹的。」

傅華開玩笑說：「這麼說你對他也有好感囉？」

喬玉甄說：「怎麼，你生我的氣了？明知道他對你不好，還這麼稱讚他。」

傅華笑了起來，說：「我氣量沒那麼狹窄，你的感覺是對的，金達這個人確實很有能力。你說的是事實，我生什麼氣啊。誒，既然你對他感覺這麼好，那還不趁熱打鐵，儘快去海川考察？」

喬玉甄聽了說：「好，我會儘快安排，不過你別想歪了，我去是爲幫你的忙，可不是衝著金達去的。」

傅華說：「其實你去海川投資，收益更大的是金達，所以你這不僅僅是幫我的忙，更是幫金達的忙。」

「去，再開這種玩笑，別說我跟你翻臉啊。」喬玉甄抗議說。

傅華趕忙說：「好，我不說了就是了，你準備什麼時候去海川時再給我電話吧。」

喬玉甄說：「行，我會儘快安排。」

喬玉甄掛了電話，傅華暗自好笑，沒想到金達居然會對喬玉甄這個女強人產生好感，不知道這兩個原本不搭界的人將來會擦出什麼樣的火花來?!

第二天一早，金達去參加會議，傍晚時回到駐京辦。

因爲適逢週五，何飛軍也從黨校回了駐京辦。聽傅華說金達來北京，何飛軍的臉色頓時沉了下來。何飛軍知道金達已經曉得他嫖妓被抓的事，不得不去面對金達，因此硬著頭皮給金達打了電話。

金達接了電話，何飛軍陪著小心的說：「金書記，您好，我何飛軍啊。」

金達聽是何飛軍打來的，眉頭就皺了起來，壓下厭惡說：「是老何啊，找我有事嗎？」

何飛軍說：「是這樣的，我現在在駐京辦，想把在黨校學習的狀況跟您報告一下，您有時間嗎？」

金達自然知道這是何飛軍的藉口，就說：「行，你過來吧。」

何飛軍去了金達的房間，進門後，金達坐在沙發，上下打量著何飛軍，半天才說道：「怎麼樣，老何，在北京學習的還好吧？」

金達沒有要何飛軍坐下，何飛軍也不敢坐下來，只好站在那裏跟金達做著報告。

何飛軍口沫橫飛地說著他在黨校都學習了什麼課程，金達只低著頭，不去看他，也不對何飛軍的報告做任何的點評，只是靜靜地坐在那裏聽著。

由於學習的時間不長，何飛軍講了十幾分鐘後，就沒什麼可講的了，便說：「金書記，我在黨校學習的情況就是這樣的。」

何飛軍講完後，等著金達回話，金達卻像睡著了一樣，坐在那裏低著頭，什麼話都不講，空氣中凝結著一股沈悶的壓力，他的心不禁揪緊了。

過了好一陣子，金達覺得給何飛軍的心理壓力差不多了，才抬起頭，對何飛軍說：「老何，你要跟我報告的事就是這些嗎？」

何飛軍不敢提自己嫖妓的事，乾笑著說：「我要報告的就這麼多了。」

金達看了他一眼，說：「那你有沒有把黨校學習到的東西跟自己的行爲相對照，好讓自己的思想境界有所提高啊？」

何飛軍聽出金達語氣中的譏嘲意味，心裏暗罵金達不是東西，嘴上卻說：「有的金書記，在黨校學習的東西，真是觸及到了我的靈魂深處，我發現自己在很多方面都存在著嚴重的不足，以後我一定會嚴格按照要求，糾正自己的不當行爲的。」

金達聽何飛軍連「觸及靈魂深處」的話都出來了，真是又好氣又好笑，心說你騙鬼去吧！

不過他這次來北京並沒有要懲處何飛軍的打算。如果真要懲處何飛軍，他在海川就能做到了，不用等到北京才行動，便說：「老何啊，你能這麼想是最好的。黨校是組織上培養幹部的地方，能進黨校學習意味著幸運和機遇，你可要珍惜這次的大好機會啊。」

何飛軍看金達沒有抓住嫖妓的事不放，暗自鬆了口氣，點點頭說：「金書記放心，我一定會珍惜這次的機會的。」

金達說：「好了，你也學習一天了，去好好休息吧。」

何飛軍就離開了金達的房間，金達在心中已經給何飛軍的政治生命判了死刑。經過接二連三的事，金達產生了跟孫守義一樣的念頭，就是何飛軍是個禍害，如果有機會，最好把何飛軍拿掉或者將他趕出海川才行。

金達正想著時，手機響了起來，號碼看上去很陌生，金達遲疑了一下，沒有去接。過了一會兒，鈴聲再度響了起來，還是那個陌生的號碼。金達心想應該不是什麼詐騙電話，就接通了。

「喂，請問哪位？」金達拿著話筒問道。

對方說：「您是金書記嗎，我是喬玉甄啊。」

金達這才想起昨天他跟喬玉甄互換了聯絡電話，只是一時還沒來得及將喬玉甄的號碼輸入到手機裏去，所以喬玉甄的號碼顯得十分陌生。

金達說：「原來是喬董啊，找我有事嗎？」

喬玉甄笑笑說：「是這樣的，金書記，昨天忘了問您，您這次在北京要待幾天啊？」

金達回說：「三天的會議，星期一就回海川了。」

喬玉甄詫異的口吻說：「這麼匆忙啊？」

金達說：「沒辦法，海川還有一堆的工作等著我回去做呢。喬董，您有事啊？」

喬玉甄笑了笑說：「我是想您來北京，我總得盡一下地主之誼吧？」

喬玉甄意識到金達對她頗有好感，因此想再鞏固加強這份好感，因此想邀請金達吃飯，特意結好金達，加深彼此的印象。

金達婉拒說：「這就沒必要了吧，喬董，我們彼此已經熟悉了，就不用把時間再浪費在吃飯上。有什麼事，等你去海川投資的時候我們再談好了。」

喬玉甄大力邀約說：「這怎麼是浪費呢？這是增加我們相互間的友誼。如果您這兩天抽不出時間來，周日晚上我給您送行好了。」

喬玉甄的學識和優雅的氣質，的確讓金達大爲欣賞，不禁遲疑起來。

喬玉甄見金達猶豫不決，便笑笑說：「金書記，我可是要去海川投資的，給個面子吧？」

走秀台上的模特兒搖曳多姿的走著，台下的鎂光燈不停地閃爍著。傅華西裝筆挺的坐在台下，身旁坐的是身穿黑色晚禮服的鄭莉。他們夫妻倆盛裝出現在這裏，是來參加青年時裝設計師新品發佈會的。

鄭莉作爲時裝設計師，在北京算小有名氣，這次她也受邀參加時裝設計師發表會，有一系列新品發表。因爲週五晚上金達沒有安排什麼活動，傅華就無需留在駐京辦陪同金達，因而陪伴鄭莉出席這次的發表會。

他雖然娶了一個時裝設計師，但是對時裝並不在行，坐在下面有點外行看熱鬧的意思。好在發表會的模特兒很養眼，賞心悅目，坐在那裏倒不覺得悶。

傅華跟時裝圈接觸的很少，認識的人不多。現場出席的大多是時尚界的名流，穿著打扮都十分華麗，一身的珠光寶氣，看上去都很有「型」，傅華一身正裝反而顯得有些特別了。

配合著設計主題，音樂不時地變換著，模特兒們穿著設計師設計的服裝一一展示著，鎂光燈聚焦在她們身上，記者則喀嚓喀嚓的猛拍著照。

發表會進行了一個多小時後，現場音樂一停，主持人宣布發表會進入最後一個環節——慈善義賣，來參加發表會的時裝師們，每個人都捐出一件作品義賣，義賣得到的善款，將捐助給貧困山區的兒童，興建希望小學。

鄭莉拿出來義賣的作品，是一件藍色的長裙。傅華打起精神，他來參加這次發表會還有一個任務，就是舉牌買下鄭莉的這件長裙。

雖然鄭莉已經小有名氣，對自己的設計也很有信心。但是在這種大型的發表會，來參加的都是有名的一流設計師，她在這裏面就不顯得特別的出色了，因此她怕萬一沒人出價或者價格不理想，就讓傅華幫她把這件長裙買回來。

很快就開始拍賣鄭莉的作品了，五千起拍，每次加價兩千，傅華第一時間就舉起了手中的號牌，喊出了一萬元的價格。

在他看來，大概不會有太多人舉牌，沒想到他的號牌剛落下，立即就有人也舉起號牌，喊出了兩萬的價格，遠遠超出傅華的預期。傅華愣了一下，看了眼鄭莉，心說你不會還找了別人來抬轎吧；鄭莉卻搖搖頭，示意自己也不知道是怎麼回事。

傅華轉頭去看舉牌的人，是個三十歲左右的男子，衣著華麗時尚，模樣長得還不錯，只是這個男子眼睛朝天，一副倨傲的模樣。男子身旁坐著一位畫著濃妝，很冶豔的女伴，女人半邊的身子靠在男子的懷裏，跟男子很親熱的樣子。

傅華和鄭莉都不認識這個男人，可能是男子身旁的女伴看中了鄭莉的這件作品，男子爲了討女伴歡心，才出價買了下來。

傅華心想兩萬的價格已經算是不錯了，就沒再舉牌，然而令人意外的是，接下來又有一名年輕男人舉起號牌，喊了聲三萬。

傅華貼在鄭莉耳邊低聲說：「你還擔心沒有人買呢，你看，喜歡的人不是很多嗎？看來你今天算是遇到伯樂了。」

鄭莉看了看舉牌的男子，苦笑了一下說：「恐怕他們要爭的不是我的作品吧？」

傅華順著鄭莉的視線看過去，看到新舉起號牌的男子也是衣著光鮮，神態倨傲，身邊也是靠著一位珠光寶氣的妖嬈女子，就明白了，這兩個人都不是真的看好鄭莉的作品，只是為了討女伴歡心在互鬥罷了。

不管怎麼說，有人競價總是好事，也會抬高鄭莉的身價，傅華樂觀其成，對鄭莉說：「你今天的運氣真好，看來這件長裙恐怕會賣出高價來呢。」

鄭莉在乎的是作品的真實價值，而不是這些虛名，便搖搖頭說：「這可不是我想要的結果。」

傅華笑說：「無所謂啊，反正錢也是捐出去做慈善，這兩個傢伙出的價錢越高，今天收到的慈善捐款就會越多，最終受益的還是山區的孩子啊。」

不出傅華所料，果然那個出價兩萬的男子再次舉起了號牌，他沒有耐心一萬一萬的往上抬價，財大氣粗的直接喊出了五萬的天價。喊完還示威地掃了那個出價三萬的男子一眼，意思是我出到五萬了，看你跟不跟。

那個出價三萬的男子也不是個在乎錢的主，緊接著喊了聲十萬，直接把價格翻了一倍，喊完後，挑釁的衝出價五萬的男子挑了一下下巴，意思是說：「你不是愛叫價嗎？我翻倍了，來啊！」

出價五萬的男子遲疑了一下，雖然他不在乎錢，但是出十萬塊買一件不是名設計師的作品，這個錢可花得有點冤。他看了一眼身邊的女伴，心裏衡量著值不值得花十萬去換得這個女子的歡心，心中已經有了放棄的打算。

這時，坐在鄭莉旁邊一名女設計師對鄭莉說：「你今天走運了，有兩個富二代都看中了你的設計，等著看吧，你這件裙子一定會賣出高價的。」

鄭莉跟那個女設計師認識，便問：「這倆人誰啊？」

女設計師說：「一個是『天策集團』的太子爺，天策集團的擁有者胡瑜非的兒子胡東強；另一個是『華智集團』的大少爺單正豪，都是富豪人家。」

傅華這才知道剛才出價五萬的那個男子就是高芸的未婚夫胡東強，不由得往那邊多看了一眼。胡東強身邊的那個女人顯然不是高芸。那個女人一副小家碧玉的樣子，樣貌和氣質跟高芸簡直不能比。

傅華有點替高芸不值，不過高芸選擇胡東強也不是爲了愛情，只是看中胡家的財力背景，價值取向不同，傅華也無法置喙。

看兩人叫起板來，在場的媒體記者馬上就把關注焦點放在兩人身上，單正豪和胡東強平時就是八卦版上的話題人物，記者看到兩人爭奪同一件衣服，自然不會放過這個新聞，衝著兩人狂拍個不停。

當鏡頭一轉到胡東強身上，他的遲疑馬上就不見了，這已經不是爲了討女友歡心而已，更關乎他的面子，如果輸給單正豪，那臉可就丟大了，於是毫不猶豫的舉起了號牌，喊了十五萬的價位。

那邊的單正豪也一樣，也覺得丟不起這個臉，便也毫不示弱，馬上就把價格喊到了二十萬，一件在傅華眼中連一萬塊都不值的裙子，轉眼間就漲了二十倍不止的價格了。

但這還沒結束，單正豪和胡東強的交鋒還在繼續，慈善拍賣成了兩人的競標舞台，你爭我搶，幾個回合下來，胡東強居然把這件長裙抬到了五十五萬的天價。

這在現場這些名設計師來說，是從來沒有達到過的事。現場一片安靜，兩名並非設計師的人，反而成了這場時裝新品發表會的焦點了。

這時候，單正豪有點氣餒了，覺得這樣下去不行，一直叫下去的話，這件長裙可能叫到一百萬也停不下來，他沒胡東強那樣的底氣，終於選擇了放棄。拍賣師三次詢問有沒有比五十五萬更高的價位後，一錘定音。最後勝利的贏家是胡東強。

在北京這個權貴雲集的地方，像這種富二代碰在一起，爲了爭風而相互叫板的事時有發生，傅華和鄭莉早就見怪不怪了。

胡東強的女伴聽到胡東強贏得長裙，興奮地叫道：「東強，你太棒了，不愧是我的男人。」說完，便抱著胡東強的臉狠狠的親了一下。

記者見狀，自然又拍個不停；胡東強的脖子抬得更高了，滿面紅光，十分得意。而失敗者單正豪則是和女伴一臉的沮喪，女人還把臉轉到一邊，一副不想理單正豪的樣子。

拍賣結束，鄭莉和傅華一起去胡東強那兒向他表示感謝他買下作品，有記者就讓四人站在一起合影。

胡東強的女伴舉起了手指，做了一個ＹＡ的手勢，讓傅華越發覺得這女人很俗氣，不知道胡東強中了什麼邪，放著那麼優秀的未婚妻不理，反而帶著這種庸脂俗粉出來招搖。

拍完照，有記者採訪鄭莉，問說：「鄭設計師，你的作品賣到五十五萬的天價，請問你對此作何感想？」

鄭莉得體的回答說：「要感謝胡先生對我作品的欣賞，這更代表了胡先生對山區孩子的一片愛心，有胡先生這樣的愛心人士的存在，相信貧困山區的孩子很快就能有很好的學校了。」

鄭莉不愧出身名門，這番話說得面面俱到，也回避了自己作品值不值這個高價的問題，避免了尷尬，傅華在一旁暗暗爲鄭莉的回答叫好。

胡東強也很機靈，馬上就對記者表達了他對山區貧困兒童的關心，很說了些冠冕堂皇的漂亮話，讓傅華心裏暗自好笑，心說這傢伙花心歸花心，倒還不是空心蘿蔔，知道因勢利導，把自己的行爲上升到道德的高度，減少社會對他鬥富的厭惡感。

在回家的路上，鄭莉顯得很興奮，雖然是因爲胡東強和單正豪兩人鬥富爭風，把她的作品抬到了天價，也證明她的作品還是很受歡迎的，不然也不會有人爭搶。

第十章

二代鬥富

蘇南說：「真厲害啊，一件長裙就可以賣到五十幾萬，天價啊。」
傅華不禁笑說：「原來是這件事啊，這麼快就見報了。」
蘇南說：「這種富二代鬥富的八卦當然會馬上見報的啦。
估計鄭莉很快就要躋身一流設計師中了。」

第二天是週六，因爲金達還住在駐京辦，傅華不敢休息，一早就來辦公室，安排車子送金達去開會。

金達顯得心情很好，臉上帶著淡淡的笑意。傅華感到有些意外，這段時間以來，金達見了他都是陰沉著臉，很難得看到這副笑臉。

金達上了車，對傅華說：「傅華，明晚不要安排什麼應酬，喬董要給我送行，到時候你一起參加吧。」

傅華答應了一聲，心想金達之所以讓他參加晚宴，並不是金達對他轉變了態度，想要跟他修好關係。而是金達可能覺得他跟喬玉甄孤男寡女會招來非議，才讓他一起去的。另一方面，金達毫不避諱對喬玉甄的好感，也不是件好事，喬玉甄貼近他是有目的的，傅華深怕金達會爲了討好她，做出什麼不合法規的事。

儘管傅華跟金達現在關係鬧得很僵，但是他並不樂見金達出什麼狀況。但他也不想去做金達的什麼諍友，只希望金達能夠把持住自己。畢竟有些事情別人規勸是沒有用的，只能靠自己堅守原則。

把金達送去開會後，傅華回到辦公室，想要收拾一下就回家，這時他的手機響了起來，是蘇南打來的。

蘇南問：「在幹嘛呢？」

傅華回說：「我在駐京辦呢。」

蘇南意外地說：「這麼敬業啊，今天不是週末嗎，你怎麼還上班？」

傅華說：「我們的市委書記來啦，我必須在駐京辦做些安排。有事嗎，南哥？」

蘇南笑說：「沒事，就是在今天的報上看到你了。」

傅華驚訝地說：「我上報紙了？」

蘇南笑說：「是啊，不過你是配角，主角可是鄭莉。真厲害啊，一件長裙就可以賣到五十幾萬，天價啊。」

傅華不禁笑說：「原來是這件事啊，這麼快就見報了。」

蘇南說：「這種富二代鬥富的八卦當然會馬上見報的啦。替我跟鄭莉道聲恭喜吧，估計她很快就要躋身一流設計師當中了。」

傅華失笑說：「南哥，你太看得起她了，她的衣服能賣到那麼高的價格，不是她的設計有多出色，而是遇到兩個鬥富的傻瓜而已。」

蘇南卻說：「傅華，你不懂，那兩個傻瓜鬥富抬高了衣服價格不假，但是也讓鄭莉一夕爆紅，現在這個社會講究的就是知名度，人們都有湊熱鬧的好奇心，誰不想看看作品能賣到五十五萬天價的設計師設計的作品究竟是怎麼樣的啊！」

傅華笑說：「這倒也是。」

蘇南又說：「我看過鄭莉設計的服裝，她的設計比起頂尖設計師也不會差多少的，差的只是知名度而已，這次算是給她一個很好的機會，我相信她未來在這個行當中一定會有很好的發展的。」

傅華替鄭莉感謝說：「那就借南哥的吉言了。南哥，齊東機場的事你安排好了嗎？」

蘇南老神在在地說：「你就是太緊張了，我覺得不會有什麼問題的，畢竟都走了正當程序，要找我們振東集團的麻煩也不是那麼容易的一件事。」

傅華勸說：「鄧叔和我的意思是先做好準備，免得到時候措手不及，給鄧叔添麻煩。」

蘇南應付地說：「行，我明白了，回頭我馬上就去安排。」

傅華聽出蘇南語氣中有些不太情願，反正他已盡到朋友規勸的道義了，蘇南要怎麼做就不是他能管的了。

兩人又閒聊了幾句才掛了電話，傅華離開駐京辦開車回家。經過報亭時，他下車買了幾份報紙，想看看報紙上對昨晚的慈善義賣都說了些什麼。

在早報上，傅華一下就看到昨晚四人合影的照片，照片下面的標題是《富二代爭風鬥富，新品時裝賣出天價》，整篇報導都圍繞著單正豪和胡東強爭風鬥富叫板的過程。反而對鄭莉的時裝設計沒有著墨太多，只說鄭莉是個新竄起來的設計師，擁有一個時裝品牌，對鄭莉算是一帶而過。

傅華看了其他報紙，大致內容都差不多，不過有份報紙多提了一下胡東強的女伴。原來那個女人是最近一部電視劇裏的配角，叫靜倩，是個小明星。報導說胡東強之所以高價拍下時裝，是千金買笑，花巨款以搏小明星的歡心。

傅華看到這篇報導，首先想到的是冷傲的高芸，不知道她看到報導上未婚夫在外面拈花惹草，還把緋聞鬧得路人皆知，會做何感想？在外面偷玩就算了，還這麼明目張膽，這讓高芸的面子往哪兒掛啊。

傅華不禁替高芸可憐，看胡東強這樣，就可以預見兩人未來的婚姻生活一定不會幸福的。傅華也因此有些看不起高穹和這個人，竟然犧牲女兒幸福去換取財富，難道財富會比女兒一輩子的幸福重要嗎？

傅華回到家，進門就把報紙遞給鄭莉，說：「小莉，你這下可出名了，今天報紙的時尚版頭條都是你的報導。」

鄭莉把報紙接過去看了看，不滿的說：「真是的，這些記者光去注意胡東強和單正豪鬥富了，也不多給我的作品一些介紹。」

傅華安慰她說：「人家的關注焦點本來就在那倆個傻瓜身上嘛，不過你知足吧，沒那兩人，你還上不了頭條呢。南哥看到報導還給我打電話，說恭喜你很快就會躋身一流設計師行列了。」

鄭莉笑說：「南哥也真是有意思，我可不想要這種知名度。」

傅華說：「不管如何，你總算是出名了，別人打破頭還爭取不來這樣的機會呢。您看現在網路上流行的那些人，語不驚人死不休的，爲了什麼，還不都是爲了搏版面嘛。這也算是行銷自己的一種方法。」

兩人說話時，傅華的手機又響了起來，鄭莉眉頭皺了起來，不悅地說：「你這個小駐京辦主任可真夠忙的，週六也不得清閒。」

傅華無奈地笑了笑，接通了電話。

是喬玉甄。「在哪兒呢？」

「在家陪老婆呢。有事找我啊？」傅華趕忙說。

喬玉甄說：「沒什麼事，我剛才跟你們金達書記通了電話，聽他說明晚也要你參加送行晚宴？」

傅華說：「是啊，金達拖我去當電燈泡。怎麼，你不想我參加？」

喬玉甄說：「我怎麼會不想你參加呢？我打電話給你，是想叫你帶鄭莉一起來，湊個熱鬧。」

傅華開玩笑說：「你嫌我一個人當電燈泡不夠，還要拖上我老婆啊？」

喬玉甄笑說：「別這麼說，什麼電燈泡的，好像我跟金達是去約會似的。我只是想人多熱鬧點，再說我也想認識她一下，看看一件裙子能夠賣到五十多萬的設計師長什麼樣子。」

傅華聽了說：「你也看到那條新聞了？」

喬玉甄笑笑說：「當然啦，今天的報紙幾乎都是這條新聞，想不到你老婆這麼厲害。」

傅華謙虛地說：「那不是她厲害，是遇到兩個鬥富的傻瓜。」

喬玉甄說：「那也是人家欣賞你老婆的作品才會拿出真金白銀來買的啊。說定啦，明晚帶她來啊。」

傅華不想讓鄭莉出席這次的宴會，這次宴會擺明了他們就只是聾子的耳朵——擺設罷了，而且鄭莉本來就不喜歡參加這種應酬，更別說是去當擺設了。再說金達也沒邀請鄭莉參加，冒然前去，金達也許會不高興，他沒必要讓鄭莉討這個沒趣。

傅華便推說：「不好意思啊，明晚我老婆真的不行，家裏還有兒子需要照料，她脫不開身的。」

喬玉甄感覺有些不太對味，便說：「傅華，你不會是對我有意見了吧？」

傅華說：「怎麼會，我老婆真的是脫不開身，我明晚一定會到的。」

喬玉甄這才說：「那好吧。」

掛了電話，鄭莉問道：「是誰啊？」

傅華說：「一個朋友，要去海川投資，約了金達，想要我帶你一起去作陪。她也看到了報紙上的報導，說想要認識你。」

鄭莉笑說：「原來是這樣啊。」

第二天晚上，傅華陪金達去赴喬玉甄的送行晚宴。晚宴的地點選在北京飯店的「譚家廳」，吃官府菜。金達和傅華到的時候，喬玉甄已經到了。

今晚的喬玉甄身穿黑底前襟繡大牡丹的旗袍，頭髮盤起，越發顯得容貌出眾。看得出來她為了今晚的宴會著意做了準備。

金達則是一身西裝，裏面套件T恤，休閒中帶著幾分儒雅的氣息；傅華則是隨意的穿了身休閒服，他不是今晚的主角，沒必要打扮太慎重，免得奪了金達的風采。

金達跟喬玉甄握了握手，說：「喬董今晚真是豔光逼人啊，我在你面前都有自慚形穢的感覺了。」

喬玉甄粉面帶笑說：「金書記真是會開玩笑，你這一身也不差啊，成熟穩重，很有男人魅力。」

喬玉甄這麼說金達，傅華並不意外，喬玉甄本就是善於應酬、八面玲瓏的女商人，就算把金達誇成一朵花，也不會讓傅華感到突兀；倒是金達誇讚喬玉甄豔光逼人，說明金達對喬玉甄的好感還真不是一點半點。傅華心中暗自搖頭，金達，你可別讓喬玉甄給迷惑住了。

寒暄完，三人按照主次坐了下來，喬玉甄點的都是譚家菜的招牌菜，黃燜魚翅、清湯燕窩、扒海參；酒喝的是紹興花雕。

席間金達侃侃而談，顯出他學識淵博的一面，他引經據典，大談國內外現在的經濟形勢。而喬玉甄表現的也不差，跟金達談得十分的投機。

傅華靜靜聽著兩人談話，把精力放在對付精美的菜肴上。譚家菜十分美味，傅華趁機剛好大快朵頤。

時間很快流逝，金達和喬玉甄談得興致正濃，不覺過去了兩個多小時，晚宴到了尾聲；金達和喬玉甄都有意猶未盡的感覺，但是還有傅華在，也就不好意思再拖延下去。

尤其是金達，得在傅華面前保持領導的威嚴，於是說：「喬董，天下無不散的宴席，我明天還要早起坐飛機，今天就到此爲止吧。」

喬玉甄笑笑說：「既然這樣，金書記就早點回去休息。」

晚宴就散了，喬玉甄陪金達和傅華到了車旁，跟兩人握手告別。

跟傅華道別的時候，喬玉甄說：「傅主任，你今晚可沒怎麼說話啊？」

傅華心說：話都你們倆說了，哪裏還輪得到我說話啊！笑笑說：「因爲今晚的菜太美味了，我光顧著吃，就忘了說話啦。」

傅華陪金達回駐京辦，也許是話都在晚宴上說完了，一路上金達都靜默著，一句話也沒說。不過傅華從照後鏡中看到金達臉上帶著笑意，顯然心情很好。

第二天一早，傅華送金達去機場，金達走時還不忘叮囑傅華，早點安排喬玉甄去海川考察，並且做好相關的招商工作。這是傅華的工作，他沒二話的應承下來。

回到駐京辦，已經十點多了，傅華下車要往海川大廈走時，高原開著超跑來了，傅華趕緊閃到一旁，等高原停車。

高原下車，看到傅華說：「傅主任這是在等我嗎？」

傅華笑說：「不是，你這車太拉風了，我欣賞一下。」

高原說：「想玩嗎，要不我把鑰匙給你，你去兜一圈？」

傅華趕忙擺手說：「我可不敢，我這個年紀已經過了玩車的時候啦。」

高原取笑說：「切，你才多大啊，不敢玩是你的心態問題，心態不再年輕，當然玩不動年輕人的東西了。」

「也許是吧。」傅華注意到高原的右手手背上貼著ＯＫ繃，就問道：「咦，你怎麼受傷了？」

高原斜了傅華一眼，說：「昨天去教訓一個賤人，不小心受了點傷。」

傅華隱隱覺得高原手上的傷跟高芸的未婚夫胡東強有關，就笑了笑，沒再言語。

兩人一起上了電梯，高原說：「傅主任，話說我還欠你一頓飯呢，中午一起出去吃飯吧？」

傅華對吃不吃這頓飯無所謂，高原說要請他的時候，他原本就沒當真，就說：「算了吧，高原，我也沒幫你什麼，飯就不用吃了。」

高原卻堅持說：「不行，我說要請就是要請，不然我說話成什麼了。你點地方，撿好一點的，不要給我省錢。」

傅華開玩笑說：「不愧是開超跑的，真是財大氣粗啊。」

高原催促說：「趕緊說地方，否則我就當你看不起我。」

傅華說：「這頓飯一定要吃啊？」

高原孩子氣地說：「一定要吃，不吃不行。」

傅華想了想，說：「要不這樣吧，你真要請，就在海川風味餐館請吧。」

高原抱怨說：「跟你說不要幫我省錢了，去海川風味餐館也太隨便了吧？」

傅華說：「你不是說讓我選地方嗎？我就選這裏了，你要請就在這裏請，別的地方我不去。」

高原沒轍，只好說：「那行，中午見了。」

中午，兩人就在海川風味餐館開了一個雅間，高原撿了幾樣比較貴的海鮮，叫了一瓶白酒。

傅華笑說：「我還以爲你會點二鍋頭呢。」

高原笑罵道：「去，你還真拿我當男人啊？」

兩人邊吃邊聊，氣氛很好，傅華慢慢覺得高原這個人只是個性直爽而已，其實倒不讓人討厭。

兩人正說得高興時，包廂門突然被推開，高芸闖了進來，指著妹妹叫道：「高原，你對胡東強做了什麼了？」

高原愣了一下，看著高芸說：「姐，你怎麼來了？」

高芸急急地說：「你別管我怎麼來了，你趕緊說，你究竟對胡東強做了什麼了。」

高原站了起來，走到高芸身邊說：「姐，你別在這裏嚷嚷，有什麼話去我辦公室說。」

高芸看了傅華一眼，大概也覺得有些話不好在傅華面前說，就跟著高原離開了餐館。

傅華繼續吃著，吃完飯，高原還沒有回來，他就結了帳，回到駐京辦。

下午傅華正在辦公，高原來了，埋怨說：「傅主任，說了我請客的，你結什麼帳啊，這不寒磣我嗎？」

傅華說：「誒，你姐姐走了？」

高原嘆了口氣，說：「是啊，她罵了我一通就離開了，說我不該去打胡東強。她也真是的，胡東強對她都那樣了，她也能忍得下去！」

傅華勸說：「你姐姐有她自己的想法，你就別去干涉她了。」

高原心疼地說：「我不是要去干涉她，我是看不得胡東強那麼欺負她，我出手教訓胡東強，就是想要胡東強對她好一點。」

傅華以旁觀者的角度說：「這種事你最好還是不要插手比較好，清官難斷家務事，人家倆口子的事你一攪和，事情就複雜了。」

高原不滿的說：「什麼倆口子啊，他們還沒結婚呢。」

傅華笑說：「可是他們基本上算是定下來了，你這樣子做是不好，你去教訓胡東強，胡東強轉過頭來萬一找你姐出氣，你姐姐還是要受委屈的。」

高原苦笑說：「這我也知道，但我就是咽不下這口氣。說起來都怪我爸，他們胡家不就是在我們家有困難的時候幫了我們一把嗎?要報答他們，可以用別的方式啊，有必要把我姐搭上嗎？」

聽高原這麼說，傅華才明白高芸和胡東強聯姻是怎麼一回事，也許並不是高穹和為了報恩才將女兒許配給胡東強，更可能是胡家趁高穹和身陷危機，趁火打劫提出聯姻作爲幫忙的條件的。

聯姻對胡家有莫大的好處，形勢很明朗，高穹和只有兩個女兒，未來穹和集團一定會交給女兒和女婿繼承，胡東強跟高芸結合，只會有好處沒有壞處。

傅華只好說：「高原，這些事不是你能管得了的，你就不要去煩惱了。」

高原搖頭嘆說：「那是我姐，我能看著她被欺負不管嗎？哎，我跟你說這些幹什麼啊，算了，不說了。那頓飯多少錢，我給你。」

傅華笑笑說：「沒多少錢，算了吧。」

高原也不想為了幾百塊跟傅華爭執，就說道：「那我改天再請你吧。」

傅華爽快地說：「行啊。」

高原又說：「誒，傅主任，你老婆的設計真的那麼好嗎？能值五十多萬？」

傅華說：「我老婆的設計當然很優秀，不然胡東強和單正豪的女伴也不會為此爭起來。至於值不值那麼多錢，那就見仁見智了。」

高原聽了，說：「你這傢伙挺狡猾的，說了半天，都在誇獎你老婆。誒，改天讓她幫我設計一件衣服吧。」

傅華搖搖頭說：「這肯定不行。」

高原奇怪地問：「為什麼，你以為我給不起設計費啊？」

傅華笑說：「不是設計費的問題，而是我老婆都是設計女裝，不設計男裝。」

高原撲哧一聲笑了出來，罵道：「你找打啊，跟你說了不要再說這個話題了。」

金達一回到海川，就把孫守義找了過去。

他先跟孫守義說明北京開會的情形，然後裝作不經意地說：

「誒，老孫啊，我這次在北京還有一個順帶的收穫，郭奎書記介紹了一家開發商，他們想在海川市做房地產開發。」

金達故作隨意，是不想讓孫守義覺得他跟這個開發商有什麼特別的關係，這也是他心虛的一種表現。這次他不知道怎麼了，對喬玉甄的事情特別的上心。雖然他不想承認，但是心中卻明顯感到自己對喬玉甄很難抗拒。

孫守義聽了，高興地說：「這是好事啊，只是不知道他們看中海川哪塊地塊了，話說我們海川市區的好地塊可沒多少了。」

金達說：「她想開發市區臨海邊的那塊灘塗地，把那塊地開發成海景社區。這個地塊以前還沒有公司看中過。」

孫守義愣了一下，說：「他們是想填海建房？」

金達笑笑說：「對啊，我看了他們的規劃設計，感覺上還不錯。回頭他們會來人實地考察，你到時候跟他們接觸一下，看看可不可行。」

地產開發屬於城市建設範疇，屬於市政府的管轄範圍，金達把喬玉甄交給孫守義去接待，也是不想讓孫守義覺得他越權過多，干涉到市政府的事務。

孫守義答應說：「行，到時候我跟他們接觸一下。」

金達說：「接觸後你就會知道那個開發商很不錯，這又是郭奎書記介紹來的，如果可行的話，你們市政府多支持一下吧。」

孫守義注意到金達提起時，臉上不自覺的帶著笑，想來金達對這個開發商的印象還真是很不錯，就說：「行啊，在政策允許的範疇內，我會儘量給予他們方便的。」

見孫守義答應了下來，金達鬆了口氣，他希望喬玉甄來海川能一切順利，讓喬玉甄感覺他在海川市很有權威，如果孫守義有異議，那就麻煩了。

金達說：「這事就這樣說定了。對了，胡俊森副市長來了有些天了，你覺得他這個人怎麼樣啊？」

孫守義說：「現在還很難說，他這些天都在下面跑工業園區，熟悉情況呢。感覺上工作起來還挺靠譜的，雖然有些傲氣，但是做事還算踏實。」

金達聽了說：「那就好，我們海川現在就需要像這樣踏實工作的同志，如果再來個不靠譜的，我們這個班子可就熱鬧了。」

孫守義了解金達的意思，現在海川市級領導當中，于捷才智平平，卻一心想往上爬；

曲志霞私心很重，爲了爭奪氮肥廠地塊，也跟他們有了嫌隙；至於何飛軍，就更糟糕了，不但婚姻頻出狀況，還搞出嫖妓的醜事，簡直是荒腔走板到了極致。

想到何飛軍，孫守義便問道：「您這次在北京見到何飛軍了嗎？」

金達點點頭，說：「見到了，這傢伙專門跟我報告了他在黨校的學習狀況，竟然大言不慚地說在黨校的學習觸及到了他的靈魂深處，真是夠了。」

孫守義被逗笑了，搖搖頭說：「這個傢伙，還真敢說呢，那他有沒有提到他嫖妓被抓的事啊？」

金達嘆說：「他哪敢提啊，像什麼事情都沒發生過一樣。老孫，何飛軍這個人很成問題，你以後對他要多注意一些。」

金達還不知道孫守義對何飛軍有了別的想法，以爲孫守義還會維護他，所以善意的提醒孫守義，哪知道孫守義早就已經著手佈局對付何飛軍這個麻煩了。

孫守義暗自心喜，既然金達也對何飛軍這麼不滿，那將來他要對付何飛軍就更容易了，便點點頭說：「我心裏有數，我會保持警惕的。」

齊州，東海省政府，鄧子峰辦公室。

鄧子峰正在聽取齊東市市長王雙河對齊東機場建設情形的彙報。

鄧子峰從傅華那裏得知王雙河脅迫蘇南使用他弟弟王雙山提供的建材，才讓蘇南得標的情況後，心中對王雙河這個人越發反感起來。

這個王雙河連省長重點關注的工程都敢上下其手，可見其貪婪已經到了一個肆無忌憚的程度。可以想見王雙河絕對不會僅僅只在齊東機場這一項工程上伸手的，他應該還會有其他的貪腐事件。

這種官員是隨時都可能出事的，鄧子峰不得不預作準備。王雙河這次彙報是鄧子峰主動提出來的，齊東市機場建設是東海省今年的重點工程之一，鄧子峰作為省長，對此關注也是很正常的事。

現在鄧子峰已經不打算把齊東機場招標作為經驗在全省推廣，他要反向操作，不但不表彰齊東市做得好，反而要敲打一下王雙河。

王雙河彙報了機場建設情形，對振東集團正在進行的施工品質給予了高度的肯定。如果在不知道王雙河和蘇南達成私下交易的情況下，鄧子峰會對王雙河肯定振東集團感到高興。但現在鄧子峰心中卻充滿了極度的反感。要不是他從蘇南那裏獲取了好處，又怎麼會這樣大力讚揚呢。

但是鄧子峰不能表現出他心裏的厭惡，他不想讓王雙河知道他已經曉得他和蘇南的交易。因此在王雙河彙報完後，笑了笑說：「雙河同志，看來你們齊東機場的建設進展的不錯啊，我很高興。」

王雙河心說：得到好處的是你老長官的兒子，你當然高興啦。便巴結地說：「鄧省長，我們齊東市之所以能做得這麼好，也是與省政府對我們的大力支持分不開的。」

鄧子峰笑笑說：「不要這麼說，工作主要還是你們齊東市政府做的。誒，現在機場建設已經全面展開了，有沒有發現有什麼違規的行爲啊？」

王雙河聽鄧子峰說起違規違紀，心裏不由得就有點發虛，鄧子峰說這個，該不會是意有所指，難道蘇南將他們私下交易的事跟鄧子峰講了？應該不會吧？蘇南跟自己是在一條船上的，蘇南講這件事，對他也沒有好處啊。

王雙河雖然心虛，臉上卻一點都沒有表露出來，鎮定地說：「省長，我明白您在想什麼，您是想把齊東機場項目打造成一個廉潔高效的項目。我們齊東市政府在項目開始競標的時候，就已經決心要朝這個目標努力，絕不會發生任何的違紀違規行爲，以不辜負您對這個項目的期望。爲此，我們還專門組成了紀檢小組……」

王雙河又頭頭是道的講了他們採取的措施，聽起來似乎十分完備，鄧子峰心說：你說的比唱的還好聽啊，你就是最大的違紀者了，紀檢部門誰敢監督你啊？這樣又有什麼用呢。

鄧子峰沒有心情聽下去了，他打斷了王雙河的彙報，說：「雙河同志，我不想聽這些形式上的東西，關鍵是你們把這些措施落實到實處了嗎？」

王雙河毫不猶豫地回答說：「落到實處了。」

鄧子峰盯著王雙河說：「那你敢跟我保證這個項目到目前爲止，不存在違紀違規行爲嗎？」

王雙河再次毫不猶豫地回答說：「我敢保證。」

鄧子峰笑了起來，說：「雙河同志，我很高興聽到你這肯定地回答我。你的話我可記住了，如果到時候發現項目有違規行爲，我可唯你是問，到時候我一定會嚴格處理的。」

鄧子峰雖然是笑著說這句話，但是王雙河從他的眼神中看到了一股肅殺之氣，心中一凜，知道鄧子峰這是在警告他了。

對此王雙河並不感到十分的緊張，他不相信鄧子峰會對老領導的兒子下手，這番話不過是虛張聲勢罷了。王雙河暗自冷笑了一聲，這些大領導就是虛僞，老是愛說這些冠冕堂皇的話糊弄人。

於是王雙河拍拍胸脯說：「省長，您放心，如果我真的有什麼違規違紀的事，不用等您來處理，我會主動辭職承擔責任的。」

看王雙河有恃無恐的樣子，鄧子峰不禁埋怨起蘇南，爲何要和這樣的小人勾結！他知道王雙河之所以有恃無恐，就是因爲知道他和蘇南的關係，投鼠忌器，他要處理王雙河，必然會牽動蘇南；有蘇南這尊神主牌擋著，他自然不怕啦。

鄧子峰只好說：「行啊，雙河同志，你有這個態度我就放心了。行了，你回去吧。」

王雙河就離開了，鄧子峰站了起來，走到窗邊，眉頭深鎖的看向窗外，思考著該如何妥善處置王雙河這件事。

這件事情很複雜，牽涉到了許多方面。省裏的三方勢力，不但有他這一方牽涉其中，呂紀也是被牽進來的一方。因爲王雙河跟呂紀走得很近，算是呂紀一系的人馬。

鄧子峰相信，如果王雙河和蘇南私下交易的事被曝光的話，第一個跳出來的就是孟副省長，因爲孟副省長一定不會放過這個能夠同時整到他和呂紀的機會。所以，這件事如果處理不好的話，他和呂紀都會受到傷害，得利的卻是孟副省長。這是鄧子峰最不想看到的局面；在呂紀和孟副省長間，真的要他選擇，他寧願得利的是呂紀。

因爲呂紀已經是省委書記了，呂紀的實力壯大並不會危及到他這個省長的位置；而孟副省長是常務副省長，他如果實力壯大卻可能取他而代之。所以整件事的重點已經不在王雙河和蘇南身上了，而是如何能夠不讓孟副省長在其中得利。

但是，要怎麼去制衡孟副省長呢？鄧子峰想到了那個攔車喊冤的女人。儘管沒有證據，他相信孟副省長絕對與這件事脫不了干係。他想到傅華說的話，是不是安排人去調查一下當初搶救的醫生，以及出具死亡證明、讓屍體火化的員警呢？也許這個辦法能夠爲這個案子打開缺口。

只是事情過這麼久了，調查恐怕也無法得到什麼進展，最終還是不了了之。而且短時間之內，也得不到他想要的結果，遠水解不了近渴。然而除了這件事，鄧子峰想不到其他還有能制約孟副省長的事了，難道就這麼看著孟副省長坐收漁利嗎？鄧子峰眉頭皺得越發緊了。

鄧子峰一時想不出頭緒，就坐回辦公桌前，喝了口水。這時，他腦子裏忽然靈光一閃，其實這件事並不需要什麼結果出來，只要重啓調查就好。讓孟副省長感受到危險的來臨，也許他就會縮回去，不敢再有什麼動作了。

想到這裏，鄧子峰心中有了主意，拿起電話，打給了孫守義。

孫守義接通了電話，鄧子峰笑說：「守義同志，你在什麼地方啊？」

孫守義剛從金達的辦公室回來，此刻在自己的辦公室，便說：「我在辦公室呢，省長有事啊？」

鄧子峰說：「是這樣的，你還記得當初在海川有一個女人攔我的車喊冤的事嗎？」

孫守義當然記得，當初他和姜非還想拿這件事來對付孟森呢，只是後來無功而返，查了半天也沒查出什麼結果來。

孫守義說：「我記得，不是有一個小姐吸毒過量死亡，她母親攔車讓您處理嗎？」

鄧子峰笑笑說：「對對，就是這件事，我記得那個小姐好像叫做緒音。」

「這件事查了半天最後沒有什麼進展，省長，您問這個幹什麼？」孫守義納悶地問道。

鄧子峰說：「這個緒音的母親一直沒放棄追查這件事，我剛接到她給我寫的一封信，信裏提出一個新的查案方向，我覺得有點道理，她說她女兒的死肯定是有問題的，但是醫院和出具死亡證明的員警卻說沒問題，也就是說，醫院和員警可能是有問題的。」

孫守義因爲已經和束濤和解，就不想再查這件事，便說道：「省長，我記得當時公安局查過相關的醫生和員警，並沒發現什麼疏失。」

鄧子峰卻堅持說：「我覺得不會沒問題，不然他們也不會不等死者家屬就急著把屍體火化的。守義同志啊，我們要本著對人民負責的態度來處理這件事才行。」

孫守義感覺到鄧子峰話中的不滿，就說道：「那省長您的意思呢？」

鄧子峰說：「我想就讓公安局對相關的醫生和員警再做一次詳細的調查，如果真的證明沒什麼問題，也可以讓緒音的母親死心，是吧？你明白我的意思了嗎？」

孫守義心說：你的意思不就是要重啓調查嗎，這有什麼不明白的，便點點頭說：「我明白省長，我會安排下去的。」

鄧子峰又說：「我也是想求個心安，畢竟好好一個女兒就那麼沒了，任是哪一個做母親的都會無法接受的，更別說拖了這麼久，到現在怎麼回事都沒搞清楚，很難向她交代。不過這件案子情況複雜，你安排下面同志調查的時候，儘量不要提及是我要查這件事的，可以嗎？」

孫守義明白鄧子峰的顧慮，是不想引起一些不必要的麻煩，於是說：「我知道怎麼做的，省長。」

孫守義結束跟鄧子峰的通話後，就打電話把公安局長姜非叫了過來。

姜非來了，孫守義問道：「姜局長，你還記得褚音吸毒死亡那個案子嗎？」

姜非點點頭說：「當然記得了，褚音的母親不時還來詢問案子的情況，孫市長，您問起這件案子，是不是有什麼新的發現啊？」

孫守義說：「是這樣的，褚音的母親提出一個新的查案方向，認爲當初救治的醫院和出具死亡證明的員警很有問題，你看是不是再調查一下？」

姜非的眉頭皺了起來，說：「孫市長，這個已經查過啦，當時的醫生蓋甫，還有處理這件事的員警陸離，局裏都調查過，我還親自詢問過他們，查不出什麼問題褚音的母親來找你鬧了？」

因爲鄧子峰交代了要保密，孫守義只好說：「姜局長，不是褚音的母親鬧不鬧的問題，而是我們都清楚這個案子肯定案情不單純，你就再查一下這個醫生和員警，查得細一點，看看能不能找到突破口，也算是給一個失去女兒的母親盡點心意吧。」

姜非答應說：「好的市長，我回去之後，馬上重新啓動調查。」

孫守義心想：鄧子峰這時候突然又想起這個案子，一定有什麼目的，便交代姜非道：「你要重視這件事，最好是你親自去抓這個案子的重新調查工作。」

姜非點點頭說：「我知道，這個案子懸而未決也是我心裏的一塊石頭，我會親自主持這次的調查的。」

孫守義說：「那行，有什麼進展，隨時跟我彙報。」

請續看《官商鬥法》II 20如夢幻泡影

官商鬥法II 十九 權勢互傾軋

作者：姜遠方
發行人：陳曉林
出版所：風雲時代出版股份有限公司
地址：105台北市民生東路五段178號7樓之3
風雲書網：http://www.eastbooks.com.tw
官方部落格：http://eastbooks.pixnet.net/blog
Facebook：http://www.facebook.com/h7560949
信箱：h7560949@ms15.hinet.net
郵撥帳號：12043291
服務專線：(02)27560949
傳真專線：(02)27653799
執行主編：朱墨菲
美術編輯：吳宗潔

法律顧問：永然法律事務所 李永然律師
北辰著作權事務所 蕭雄淋律師

版權授權：蔡雷平
初版日期：2016年12月
初版二刷：2016年12月20日
ISBN：978-986-352-356-7

總 經 銷：成信文化事業股份有限公司
地　　址：新北市新店區中正路四維巷二弄2號4樓
電　　話：(02)2219-2080

行政院新聞局局版台業字第3595號 營利事業統一編號22759935

定價：280元　特惠價：199元

國家圖書館出版品預行編目資料

官商鬥法II / 姜遠方 著. -- 初版. -- 臺北市：
風雲時代，2016.01 -- 冊；公分

ISBN 978-986-352-356-7（第19冊；平裝）

857.7　　105006537